AF287226

"Var det nemt, havde de sendt nogle andre"

Af Lars Engelbrecht Rohde

ISBN-13: 9788776913014

**Forlag: Books on Demand GmbH, København, Danmark,
Tryk: Books on Demand GmbH, Norderstedt, Tyskland**

Til Lone, Mette & Lasse

Forord

Det, du sidder med i hånden, er et forsøg på at skrive et anderledes jubilæumsskrift. Anledningen er, at det i 2009 er 100 år siden Søværnet fik sin første ubåd, den italiensk byggede "Dykkeren". Jubilæumsskrifter ser normalt meget fine ud med billeder og glittet papir, men det er min erfaring, at de nok bliver bladret igennem, men sjældent læst. Dette er et forsøg på også at få ikke-fagfolk til at læse om ubåde, og ved fiktionens hjælp har jeg forsøgt at beskrive, hvad en moderne, konventionel ubåd kan. Der er hverken tale om skøn- eller faglitteratur, men nærmest om en action-tegneserie – *uden* billeder ☺. Og også uden den ellers obligatoriske, historiske gennemgang.

I mit daglige arbejde som journalist skal jeg altid have virkeligheden for øje. Derfor har det været en fornøjelse at få et lille frikvarter, hvor det faktuelle og fiktionen har kunnet blande sig fuldstændig frit efter mit forgodtbefindende.

Bortset fra en enkelt dags dykning med "Sælen" og et dyk med Peter Madsens mini-ubåd "Kraka", har jeg ikke nævneværdig forstand på ubåde. Men, de har altid interesseret mig, og mindst én gang om året ryger den ultimative ubåds-film "Das Boot" i DVD-maskinen derhjemme. Directors cut, selvfølgelig.

Kommandostrygningen på Søværnets sidste ubåde, "Sælen" og "Springeren" fandt sted den 25. november 2004 i Frederikshavn, og jeg havde æren som medlem af Dansk Ubådsforening at få lov til at sejle med "Sælen" på den sidste forlægning til Holmen den 30. november til 1. december samme år. På Holmens bradebænk kan "Sælen" nu beses som en forløber for et egentligt ubådsmuseum, mens "Springeren" er udstillet på Langelandsfortet. Den gamle "Springeren" -

4

indgået i flådens tal i 1964, og dermed den senest fuldstændig dansk konstruerede ubåd - kan besøges på Aalborg Søfarts- og Marinemuseum.

DC 38 – Diesel Boats Forever

(The Dolphin Codes)

Aalborg i september 2008

"Jeg har læst teksten som en spændende roman. Naturligvis er der mange småting, der kunne rettes for at gøre romanen teknisk korrekt, men egentlig synes jeg, det ville berøre underholdningsværdien.

Tak for en underholdende røverhistorie".

Kontreadmiral Niels Mejdal

Formand for Dansk Ubådsforening

Mustafa Rachmani lod nervøst højre hånds pegefinger glide langs kanten af den allerede svedige og smånussede flip. Kun Allah vidste, hvordan han var havnet i sådan en suppedas. Hvorfor i alverden havde han ikke bare holdt sin mund og kun udtalt sig om det, han vidste noget om - overrislings-projektet ved Murzuk. I stedet havde han villet gøre indtryk på manden overfor med det sorte hår, de lynende øjne og den høje pande. Og hvad var der sket ? Han havde mumlet noget om verdens-opinionen og risikoen for modtræk fra USA, hvorefter manden overfor var sprunget op og var begyndt en lang og højtråbende enetale om vantro hunde og imperialistiske lakajer.

Teltets temperatur var som i en sauna, der var løbet løbsk, og den eneste lyd, der kunne høres, mens manden overfor tog en dyb vejrtrækning, var en spyflue, der summende forsøgte at lande på kanten af en karaffel med vand. Lige, da det var ved at lykkes, fortsatte den heftige ordstrøm, og fluen fortsatte forskrækket sin flyvning.

Mustafa Rachmani for op. Han havde ladet tankerne flyve i takt med spyfluen og havde ikke hørt det sidste. Havde han fået et spørgsmål, eller var han blevet bedt om at forlade teltet ? En nerve begyndte at vibrere ved hans ene øje og gik over i en heftig blinken, da manden overfor klappede højt i hænderne. Ind i teltet kom to mænd i uniformer bærende på et transportabelt fjernsyn. De satte det på et lille bord, tændte det og frem tonede en kvindelig nyhedsoplæser.

Mustafa Rachmani registrerede automatisk, at det var CNN's blonde nyhedsvært. Efter et kort oplæg kom der et indslag om OPEC-landenes netop overståede konference. Ansigtet på Libyens oberst Ghadafi fyldte det meste af skærmen. Mustafa Rachmani hørte ikke, hvad der blev sagt, men koncentrerede sig om dét smil, der bredte sig over hans værts ansigt. Oberst Ghadafi nød sig selv.

På TV-skærmen fortsatte udgydelserne mod de vantro amerikanske imperialister, og tilsyneladende var Ghadafi tilfreds med redigeringen af indslaget at dømme efter hans ansigts-udtryk, og Mustafa Rachmani begyndte at føle sig tryg igen.

"Kan De ikke se det, hr. meteorolog ?", fortsatte hans vært.

"Med den atombombe, vi har købt af vores kasakhstanske forbindelse, er vi endelig i stand til at udslette Israel totalt".

"Men, er der ikke et problem med effekten af våbnet - eller spurgt på en anden måde: Er bomben ikke for lille til at udslette *hele* Israel ?". Mustafa Rachmani forsøgte at gå med på tankegangen og i stedet for indvendinger, prøvede han sig frem med kvalificerede spørgsmål, for ikke endnu en gang at påkalde sig Ghadafi's vrede.

Spørgsmålet gav Ghadafi's øjne en feberglød, som et barn får den, når det fordyber sig fuldkommen i en spændende leg.

"Jo, og fordi bomben ikke er overvældende stor er det, at De kommer ind i billedet, kære meteorolog. Det gælder om at smugle bomben ind i Israel, bringe den til eksplosion, og så ellers sørge for, at den radioaktive sky, der dannes, med vindens hjælp bliver spredt over så stort et område som muligt".

Rachmani's hjerne var igen begyndt at arbejde på højtryk. Hvor og hvordan kom *han* ind i billedet, og hvad forventede man af ham?

"Nåh sådan", konstaterede han tøvende.

Det virkede som om, at hans vært overhovedet ikke havde bemærket afbrydelsen.

"Vi må altså sikre os de bedst mulige meteorologiske oplysninger, inden vi skrider til handling. Og da vi ikke står på den bedste fod med vestlige eksperter, får vi ikke lov til at trække oplysninger ud af deres vejr-satellitter. Hvad gør vi så? Hvad gør vi så ved det?".

Ghadafi måtte gentage spørgsmålet, før Rachmani blev klar over, at det ikke var et retorisk spørgsmål, men faktisk var henvendt til ham. Nå, så det var dér, hunden lå begravet, tænkte han. Men hvorfor stille ham et spørgsmål, som han ikke havde ordentlige forudsætninger for at svare på? Han var ganske vist meteorolog, men i de senere år havde overrislingsanlæg været hans arbejdsområde.

"Øh, i de polare områder er man i stand til at indsamle oplysninger, som man kan bruge til at

lave vejrforudsigelser på verdensplan....",
begyndte han tøvende, mens han ransagede
hjernen for at huske noget om meteorologi, som
han havde læst om for alt for mange år siden.

"Glimrende", afbrød hans vært ham.

"Derfor vil vi landsætte en mindre gruppe af
vores bedste meteorologer på den grønlandske
østkyst, og de vil så skaffe os de nødvendige
oplysninger". Østkysten af Grønland, fordi det er
tæt på Nordpolen, fordi området er meget tyndt
befolket, så vi kan arbejde i fred, og fordi
Danmark, som Grønland hører ind under på en
eller anden måde, ikke har hverken evner, midler
eller lyst til at afpatruljere og forsvare området
ordentligt. De undrer Dem sikkert over, at jeg
stiller Dem spørgsmålet, men jeg har besluttet at
gøre det overfor flere af vore bedste hjerner for at
få et indtryk af, om metoden kan virke. Med
Deres svar har De bekræftet min formodning".

"I øvrigt har jeg idéen fra tyskerne. De
indhentede også meteorologiske oplysninger på
Grønland under anden verdenskrig, og på dèt
tidspunkt havde vi fælles synspunkter i forhold til
jøderne".

Ghadafi's øjne blev helt venlige, da han tillod sig spøgen med tyskerne, og Mustafa Rachmani blev i første omgang lettet over, at hans medvirken tilsyneladende ikke krævede yderligere af ham. Men, da han en halv time senere var på vej tilbage til Murzuk, fik han kuldegysninger ved tanken om de mulige konsekvenser af den djævelske plan.

*

Kaptajnløjtnant Ole Kierkegaard børstede irriteret et fnug af sit ene uniformsærme. Normalt gik han ikke så højt op i påklædning og parader, men netop i dag skulle alt være perfekt. Efter afsluttende prøve som chefelev i Norge, skulle han overtage kommandoen over den danske ubåd "Sælen".

"Sælen" havde netop gennemgået et rutinecheck på Århus Flydedok, og chefen for Forsvarets Materieltjeneste ville personligt være til stede ved mønstringen af besætningen på kajen på flådestationen i Frederikshavn, og Ole Kierkegaard følte en blanding af nervøsitet og glæde. Det var en stor dag - også selvom "Sælen" med omkring 40 år på kølen lod noget tilbage at ønske i forhold til de norske ubåde af Ulaklassen, som hans to elevkammerater fra skolen i Norge havde fået kommandoen over.

Ole Kierkegaard rystede tanken af sig. Der var ikke noget, der kunne ødelægge *hans* dag.

En time senere nød han et krus kaffe i sit diminutive lukaf agten for kommandorummet i "Sælen". Det ceremonielle i forbindelse med overtagelsen af hans kommando var gået fint, og han havde lige nået at prøve køjen, som han med sine 1,83 afgjort ville få problemer med. Køjen var små 10 centimeter for kort, men hvad? Det kunne vel også lade sig gøre at sove i fosterstilling. Og i øvrigt var de kommende ugers øvelsesprogram så koncentreret, at der næppe blev tid eller lejlighed til meget søvn.

Ole Kierkegaard så på uret og rejste sig. Han skulle have sit første møde med ubådens øvrige officerer bag forhænget i den lille officersmesse.

*

Den libyske flådebase i Benghazi summede af hektisk aktivitet. Fregatterne "Dat Assawari" og "Al Hani" var sammen med en ældre ubåd af Foxtrot-klassen - leveret som våbenhjælp fra det

13

daværende Sovjetunionen - ved at blive gjort klar.
I de seneste dage var det blevet skreget ud i
medierne, at Libyen ad diplomatisk vej ville
forsøge at skabe sig et bedre forhold til landene
omkring Sahara. I den forbindelse ville man lave
en række aktiviteter, der skulle sætte fokus på
Libyen - herunder gennemføre flådebesøg i en
række lande.

Det var også dén besked, mandskabet om bord på
fregatterne og ubåden havde fået, og selv om
flere undrede sig over mængden af skarp
ammunition og varmt tøj, der blev bragt om bord,
var der ingen, der stillede spørgsmål. Officielt var
der ingen, der tvivlede på magthavernes evne til
at gøre det rigtige. Sådan havde det været under
Kong Idris, og det var ikke blevet det mindre
under Ghadafi.

En uge senere havde den libyske flådestyrke, som
siden havde fået følgeskab af en flådetanker,
forladt basen i Benghazi. På vej gennem det
vestlige Middelhav havde skibene i internationalt
farvand gennemført en række øvelser, hvorefter
de var stukket ud gennem Gibraltar-strædet.
Mens de stadig var at se på radarskærmene hos

14

Royal Navy i Gibraltar og hos briternes spanske og portugisiske kolleger, havde de libyske skibschefer lagt kursen sydpå mod ækvator.

Og da de libyske skibe således levede op til løfterne fra aviser, radio og fjernsyn, mistede en række landes efterretningstjenester interessen for skibene.

Efter yderligere et par dages sejlads ændrede skibene kurs til stik vest og endnu senere vendte de stævnene mod nord. Først på dét tidspunkt blev besætningerne orienteret om togtets egentlige formål.

*

Inspektionsskibet "Thetis" gled næsten lydløst nordpå, mens der med jævne mellemrum blev sendt "lyd-bomber" ud i vandet. Kort tid efter bygningen af inspektionsskibet, havde Søværnet indgået en civil kontrakt med Nuna Oil om at lave seismologiske undersøgelser langs den grønlandske fastlandssokkel. Samtidig kunne "Thetis" fungere som inspektionsskib, når der var behov for det - altså vise flaget, kontrollere fiskere og være en del af redningsberedskabet.

Arbejdet om bord med at kortlægge den søværts del af den grønlandske undergrund var efterhånden blevet ren rutine. Den ene dag tog den anden, og mandskabet på "Thetis" var allerede så småt begyndt at glæde sig. De 60 mand vidste, at om to uger ville de igen vende næsen sydover og begynde den lange tur tilbage til Danmark.

Bådsmandspiberne skingrede over skibets højtaleranlæg, og banjemesteren nåede halvvejs gennem sin remse, der skulle få mandskabet til at rejse sig fra køjerne, vaske sig og begive sig til morgenskafning, da en dump eksplosion efterfulgt af endnu én brækkede inspektionsskibet over i to dele.

På få minutter var havet blankt igen - uden synlige spor af noget som helst, bortset fra nogle enkelte vragrester - og den grønlandske trawler, der ankom til positionen nogen tid efter - hidkaldt af de dumpe drøn - fandt ingen overlevende.

*

Den libyske ubådschefs første reaktion var ekstatisk. Han råbte og skreg uhæmmet sammen med resten af besætningen i sanseløs jubel. Og

16

inden der var gået en halv time nåede han også resten af følelsesregisteret igennem.

Trods en klar besked om at opretholde radiotavshed, kunne han ikke lade være med at sende en sejrsmelding til chefen for den libyske flådestyrke om bord på fregatten "Dat Assawari", og så faldt der ellers brænde ned.

Mens ubådschefen havde fået ordre til at afpatruljere kystlinjen, havde de to fregatter og flådetankeren dagen i forvejen uantastet kastet anker i bunden af den østgrønlandske Kejser Franz Josephs Fjord, og fra "Al Hani" var en gruppe meteorologer og deres udstyr blevet sat i land i gummibåde. Alt var gået perfekt, og ingen havde bemærket de libyske skibe, der havde nærmet sig land i det tidlige daggry.

Da ubådens signal var indløbet, havde panikken bredt sig på broen af "Dat Assawari". Dét, der skulle have været en hurtig og uset mission uden de store problemer, var nu blevet særdeles vanskelig med stor risiko for at ende i fiasko. At bilde sig ind, at danskerne ikke ville opdage, at de manglede et skib, var naivt, og der var ingen tvivl

17

om at en større eftersøgning var umiddelbart
forestående.

Chefen for flådestyrken brød selv radiotavsheden,
da han i et signal lod en udvalgt stribe af trusler
og forbandelser regne ned over den libyske
ubådschef. Midt i al ulykken kunne man dog
glæde sig over et lavthængende skydække, der
var på vej ind over Kejser Franz Josephs Fjord
østfra.

*

Vagthavende officer i O-rummet i Søværnets
Operative Kommandos bunker i Marselisborg-
skoven i Århus rynkede brynene. I hænderne
havde hun et signal fra Grønlands Kommando,
der via Flåderadioen i Frederikshavn meddelte, at
man havde mistet kontakten til inspektionsskibet
"Thetis". Det kunne være tilfældigt og uden
betydning - f.eks. forårsaget af et strømsvigt på
inspektionsskibet - men den vagthavende officer
valgte alligevel at lade signalet gå opad i systemet
med det samme.

*

To timer senere sad en gruppe officerer i dyb,

18

rugende tavshed omkring et konferencebord i
SOK's bunker.

I løbet af de to timer havde man igen været i
kontakt med Grønlands Kommando i Grønnedal,
var blevet orienteret om meldingen om
eksplosionen, der var kommet fra den
grønlandske trawler, og havde hørt om de
initiativer, Grønlands Kommando havde taget for
at få en eftersøgning i gang. Uheldigvis befandt
inspektionskutteren "Tulugaq" og
inspektionsfartøjerne "Knud Rasmussen" og
"Ejnar Mikkelsen" sig alle på vestkysten af
Grønland, så man havde måttet bede al civil
skibstrafik i området om at deltage. I øjeblikket
befandt der sig - foruden trawleren - tre mindre
fiskefartøjer fra Mestersvig i området. Desuden
var Flyvevåbnet blevet bedt om at sende et
Challenger-fly på vingerne - et fly, der normalt
blev brugt til fiskeriinspektion.

Chefen for SOK lod blikket glide fra sin
næstkommanderende og videre til den
vagthavende officer. Han rømmede sig og
nikkede.

"Ja", begyndte den kvindelige premierløjtnant tøvende.

"Vi ved, at "Thetis" tilsyneladende er forsvundet fra havets overflade efter noget, der kunne opfattes som et par eksplosioner. Vi ved omtrent den nøjagtige position, men hvorfor og hvordan, det aner vi ikke noget om".

*

En intens eftersøgning med både skibe og fly på den position, hvor "Thetis" forsvandt, forblev resultatløs. Bortset fra det lavthængende skydække var vejret fint i området, og sigtbarheden var nogenlunde. Alligevel blev der ikke fundet noget udover de få vragrester, der allerede var samlet op af den grønlandske trawler, der var først på stedet.

Challenger-flyet var allerede blevet kaldt hjem - med de lave skyer var det ikke til nogen synderlig hjælp i eftersøgningen.

Efter næsten to døgns forløb opgav også skibene eftersøgningen og forlod området - efter aftale med Grønlands Kommando.

Det første spor, der kunne føre til en forklaring på "Thetis" forsvinden, dukkede først op, efter at en tænksom sjæl i Søværnets Operative Kommando havde foreslået, at man bad amerikanerne om hjælp i form af billeder fra området - taget af en observations-satellit.

*

Pladserne ved konferencebordet i SOK's bunker var igen besat, men denne gang var den vagthavende officer fra O-rummet blevet erstattet af selveste forsvarschefen. Og ved siden af ham var der kommet endnu en person til. En kommandørkaptajn fra Forsvarets Efterretningstjeneste.

På selve bordet lå en række luftfotos, og alle officererne lyttede andægtigt til kommandørkaptajnen fra FET.

"Vi kan ikke sige noget afgørende om det, men det er vores fornemmelse, at skibene, som man kan se her i Kejser Franz Josephs Fjord, har en forbindelse til inspektionsskibets forsvinden". Kommandørkaptajnen pegede på luftfotografierne, der afslørede nogle klatter. På grund af det usigtbare vejr, var det kun eksperter, der kunne få "totterne" til at ligne skibe.

"Fjernkendingsskolen har hjulpet os med at identificere, og der er med næsten 100 procents sikkerhed tale om et tankskib og to fregatter - hvoraf den ene tilsyneladende er af Koni-klassen. Men da russerne har eksporteret dén skibstype til mange af de tidligere allierede og en stribe lande i den tredje verden, kan det være svært at sige noget om, hvor skibene kommer fra. Den anden fregat er i hvert fald ikke af russisk oprindelse - den ser nærmest britisk ud i byggestilen".

"Med Deres tilladelse", fortsatte kommandørkaptajnen og så direkte på forsvarschefen, "så vil jeg foreslå, at vi lader Sirius-patruljen foretage en nøjagtig identifikation af skibene, som under ingen omstændigheder har noget at gøre i Kejser Franz Josephs Fjord uden vores tilladelse".

Forsvarschefen nikkede bifaldende, og således gik det til, at chefen for Sirius i patruljens hovedkvarter i Daneborg - kun omkring 200 kilometer fra Kejser Franz Josephs Fjord - modtog et signal, som han måtte læse igennem tre gange, før sagens alvor gik op for ham.

*

"Båden dykker - på klart skibs-posterne".

"Lukket i top - kløerne i indgreb".

Som aftalt med ledsagerfartøjet dykkede "Sælen" i trin af 15 meter dybere og dybere. Hver gang man kom et trin ned, blev hele båden undersøgt for indtrængende vand. Normal procedure efter et værftsophold, og kaptajnløjtnant Ole Kierkegaard var tilfreds med sin kommando og sin besætning.

Alt gik rutinemæssigt. Der var ingen utætheder af betydning, og besætningen var tilsyneladende veluddannet. Alle kendte deres opgaver, og ordrerne blev udført uden tøven.

Ole Kierkegaard glædede sig til de kommende ugers NATO-øvelse ved Skotland. "Sælen" skulle nok gøre en god figur.

"Blæs tankene".

"Sælen" steg igen, og ubådens tårn havde knap brudt gennem overfladen på Skagerrak, før chefen og vagtchefen igen stod på den åbne bro.

Rutinen blev brat afbrudt, da der indløb et signal fra Flådestation Frederikshavn. "Sælen" skulle øjeblikkeligt afbryde dykke-øvelserne og omgående vende tilbage til flådestationen. Kort og godt.

Forlægningen skete i overfladen, og på vejen tilbage bølgede diskussionerne frem og tilbage i ubåden. "Hvorfor var de blevet kaldt tilbage på denne måde ? Var der tale om en øvelse i øvelsen? "Ingen nåede frem til noget, der bare lignede sandheden. Endnu en gang ville det vise sig, at kun virkeligheden overgår fantasien.

*

Tilbage ved konferencebordet i Søværnets Operative Kommando nogle dage senere var persongalleriet skiftet lidt ud - eller rettere: Der var kommet endnu en person til. Nemlig forsvarsministeren.

Kommandørkaptajnen fra FET var endnu en gang blevet bedt om at redegøre for situationen.

Efter at have sat forsvarsministeren ind i det forløb, sagen havde haft indtil nu, fortsatte han:

"To af Sirius-patruljens medlemmer har været fremme ved kanten af Kejser Franz Josephs Fjord, og de kan bekræfte, at der er tale om to fregatter og en tanker. Disse fotos, de har taget, viser, at de har ret".

Kommandørkaptajnen lod en stak fotos gå rundt. Forsvarsministeren kunne godt se, hvad billederne viste, men om det var fregatter eller ej, overlod han til eksperterne.

"Vi har fået studeret billederne nærmere", fortsatte efterretningsofficeren, "og tro det eller lad være: Det er libyske skibe !".

En ophidset mumlen bredte sig i konferenceværelset, indtil forsvarschefen skar igennem, bad om ro og befalede kommandørkaptajnen at fortsætte.

"Den ene af fregatterne er "Dat Assawari" - der nærmest er den libyske flådes flagskib. Vi fik ret i den første formodning om, at den har noget britisk over sig. Den er nemlig britisk bygget af Vosper – det såkaldte Mark 7 design. Den anden fregat er også ganske rigtigt af Koni-klassen, og når vi taler om den libyske flåde, er der enten tale om "Al Hani" eller "Al Ghardabia". Vi ved ikke, hvilken af de to fregatter, der er tale om, men for begges vedkommende er de meget kraftigt bestykket med både sømåls-missiler, sø-til-luft missiler, ret så effektive anti-ubådsvåben, og Koni-klassen har også mulighed for at medbringe miner. Dertil kommer, at vi har konstateret, at der også sker aktiviteter på land".

Mens efterretningsofficeren forsatte sin mere og mere tekniske gennemgang, som ikke omfattede ubåden, der dermed var libyernes uopdagede trumf-kort, begyndte forsvarsministeren at koncentrere sig om noget helt andet, nemlig den politiske del af situationen.

"Hvad i himlens navn, skulle man stille op, og hvilke råd skulle han bringe videre til statsministeren, når han skulle sættes ind i situationen ?".

Det kommende forsvarsforlig skulle gerne have socialdemokraterne og de radikale med, og der skulle noget af en gulerod til for, at det skulle lykkes. Som ny forsvarsminister havde han brug for dén succes, indgåelsen af et forsvarforlig ville være. Internationale politiske komplikationer kunne lynhurtigt få tingene til at svinge fra succes til fiasko.

Forsvarschefen behøvede ikke så mange overvejelser - i hvert fald ikke på nuværende tidspunkt. Han havde levet hele sit voksne liv i forsvaret. Ja, nogle ville endda sige *hele* livet, for han var af gammel officersfamilie.

"Hvad der skal ske, er naturligvis op til en politisk afgørelse, men jeg vil øjeblikkeligt - sammen med chefen for Søværnets Operative Kommando - tage initiativ til, at der udarbejdes planer for en militær indsats. Så er vi klar, når - og hvis - Folketinget ønsker det".

Forsvarschefen havde, mens han sagde den sidste sætning, set direkte på forsvarsministeren.

Ministeren nikkede tavst, mens han stadig grundede over, hvad han skulle sige til statsministeren.

*

Chefen for den libyske flådestyrke havde oplevet de seneste dage som et mareridt i vågen tilstand. Først havde den tåbelige opkomling af en ubådschef tilsidesat alle ordrer og gjort deres tilstedeværelse så tydelig, at de ligeså godt kunne have sat et stort neon-skilt op.

Dernæst havde meteorologerne opdaget, at der var problemer med deres udstyr. De kunne ikke få det til at fungere og mente, at sørejsen havde ødelagt nogle vigtige komponenter. For at det ikke skulle være løgn havde "Al Hani" netop meddelt, at man havde problemer med hovedmaskinen. Problemerne skulle lokaliseres og ordnes, inden "Al Hani" overhovedet ville være i stand til at forlade Kejser Franz Josephs Fjord for egen kraft.

Tilsyneladende var de endnu ikke blevet opdaget, men efter sænkningen af det danske inspektionsskib, ville det kun være et spørgsmål om tid. Og hvis han valgte at stikke halen mellem benene, ville det blive med uforrettet sag, og han ville blive nødt til at efterlade "Al Hani" i denne gudsforladte grønlandske fjord. Ligegyldigt hvad han valgte, ville han enten påkalde sig Ghadafi's vrede eller udløse en international krise.

Den libyske officer så ingen anden udvej end at håbe på, at det lave skydække ville holde sig på plads i et stykke tid endnu, at de ville undgå at blive opdaget, at meteorologernes udstyr igen kom til at fungere - og at "Al Hani"s hovedmaskine kunne repareres på stedet. Han var godt klar over, at det var mange ting, der skulle falde i hak på samme tid, men han så ikke andre muligheder.

*

Statsministeren rynkede brynene. Han hadede, når tingene kom ud af kontrol.

"Vi må handle hurtigt og stå fast. Vi må vise amerikanerne, at vi er beslutsomme allierede, der er deres tillid værdig. Godt, at kommandostøtteskibene er blevet operationsklare", sagde han og så over på forsvarsministeren

Forsvarsministeren var ikke helt med på, hvilken tillid, det var, statsministeren talte om, og bemærkningen om støtteskibene "Absalon" og "Esbern Snare", valgte han at overhøre. Han var helt klar over, at der var uenighed om fordelene ved sådan nogle multirolle-skibe. Nogle mente, at de nærmest var et politisk fænomen mere end et militært. De skulle bruges til at vise flaget i den store verden sammen med amerikanerne og englænderne, men han var enig med statsministeren i, at det var vigtigt at kunne sende den slags politiske signaler.

Forsvarsministeren tænkte, så det knagede. Han ville gerne gøre en god og beslutsom figur, men helt ærligt, så havde han endnu ikke gjort sig sin stilling klar.

"På den ene side er vi jo næsten nødt til at gøre et eller andet ved denne åbenlyse krænkelse af dansk suverænitet, men på den anden side skal vi jo tænke på konsekvenserne af at sende danske soldater i kamp, og vi skulle jo nødigt skabe internationale problemer", vævede han for at vinde tid.

"Vi må være beslutsomme og vise, at vi er villig til at kæmpe for de værdier, vi tror på", sagde statsministeren, mens han bankede en knyttet hånd mod stolens armlæn.

"Lad os prøve at vinde tid", fortsatte regeringschefen. "Lad for en sikkerhed skyld forsvaret udarbejde nogle forskellige løsningsmodeller, og lad os så tage stilling til dem, når de er klar. Imens underretter jeg de øvrige regeringspartier, eller - jeg må forresten hellere tage oppositionslederne med også".

Statsministeren sad igen fordybet i sine papirer, og forsvarsministeren forstod, at samtalen var slut.

*

Forsvarschefen lod tankerne flyve. Han vidste godt, at han var kendt for at være mere end villig til at gå politikernes ærinde, men selv betragtede han det som en udmærket egenskab både at kunne tænke politisk og fagligt.

Han skulle manøvrere meget forsigtigt og taktisk i en situation som denne, men spillede han sine kort rigtigt, kunne han vende tingene til sin egen fordel og én gang for alle få skovlen under sine kritikere fra først og fremmest Søværnet. De politiske realiteter havde vist, hvad han havde sagt i årevis: Hæren skulle styrkes for at fremskaffe resultater – først og fremmest i Afghanistan. Søværnet havde man ikke noget særligt at bruge til i den slags internationale operationer – bortset fra støtteskibene, der skulle kunne transportere hærstyrker frem.

"Øh, hm", forsvarschefen rømmede sig og så på sine officers-kollegaer omkring konferencebordet.

Denne gang talte mødedeltagerne bl. andre chefen for Hærens Operative Kommando, chefen for Flyvertaktisk Kommando og chefen for Søværnets Operative Kommando

"Lad os så komme i gang", fortsatte forsvarschefen tilfreds, og så spørgende over på chefen for Søværnets Operative Kommando, som også rømmede sig og begyndte at ridse situationen op:

"d'herrer er jo orienteret om de indledende

øvelser, så jeg vil springe lige ud i det. De libyske skibe ligger altså i Kejser Franz Josephs Fjord. Det er en stærkt forgrenet fjord på omkring 180 kilometer, så det er et af verdens største fjordsystemer, og den er omgivet af fjelde på op til 1800 meters højde. Vi ved stadig ikke, hvad skibene laver på stedet, og vi har heller ikke fundet ud af, hvad det er for nogle aktiviteter, der tilsyneladende er i gang på land. Jeg foreslår derfor, at vi hurtigst muligt forstærker slædepatruljen Sirius med et par efterretningsfolk og et antal udvalgte medlemmer af Jægerkorpset. De vil kunne give os de nødvendige informationer, imens vi herhjemme for fuld tryk får en ekspeditionsstyrke gjort klar. Når den er på plads i Nordøstgrønland, kan vi tage - skal vi sige - diplomatisk kontakt med libyerne. Altså en slags kanonbåds-diplomati".

"Hvad har De forestillet Dem, at en sådan ekspeditionsstyrke skulle bestå af ?", spurgte chefen for Hærens Operative Kommando. Hans kollega fra Flyvevåbnet nikkede interesseret.

"Tja", sagde kontreadmiralen, der først for nylig var blevet chef for Søværnets Operative Kommando. Han smilede skævt.

"Leopard-kampvognene vil ikke være til megen nytte på indlandsisen, så jeg tror ærlig talt ikke, vi får brug for Deres folk. Og hvad Flyvevåbnet angår, så får vi muligvis brug for hjælp til transport, men ligefrem at forflytte en eskadrille F-16 til Grønland, tror jeg ikke er realistisk. Jeg er bange for, at dette først og fremmest bliver et anliggende for Søværnet". Kontreadmiralens smil var blevet bredere.

Generalerne fra Hæren og Flyvevåbnet så med stigende utilfredshed på hinanden.

"Og hvordan har De så tænkt Dem at Søværnet skulle kunne klare denne opgave alene ?", indskød forsvarschefen syrligt.

"Jo, jeg mener, at vi hurtigst muligt skal sende en ubåd til mundingen af Kejser Franz Josephs Fjord. Den skal - udover de sædvanlige torpedoer - medbringe miner og så at sige lukke de libyske skibe inde i fjorden med minerne. Det skulle være muligt at få en diskret aftale med nordmændene eller islændingene - eller måske dem begge om at bunkre ubåden på vej derop, så den har tankene omtrent fulde, når den når frem".

"Næste fase bliver at sende overfladefartøjer

derop", fortsatte kontreadmiralen, og det bliver straks vanskeligere. Kun én af korvetterne er operativ for øjeblikket. Den anden bruges til undervisning, og den tredje ligger uvirksom i Korsør – kanibaliseret nærmest, for at holde de to øvrige enheder sejlende. Standard-Flex'erne er for små at sende derop, så vi må nok gribe til Plan B".

"Plan B ?". De to generaler fra Hæren og Flyvevåbnet spurgte i munden på hinanden.

"Plan B", svarede chefen for SOK, "er at omdanne et af inspektionsskibene fra 1. Eskadre til en moderne og effektiv fregat". Inspektionsskibene blev faktisk allerede nu af NATO karakteriseret som patruljefregatter, og det havde vakt en del opstandelse hos politikerne nogle år tidligere, da det britiske opslagsværk "Jane's Fighting Ships" havde beskrevet, hvordan de danske inspektionsskibe fra at være relativt fredelige skibe til søredning og fiskeriinspektion, på få uger kunne omdannes til egentlige krigsskibe. Parterne bag forsvarsforliget mente dengang, at de havde afskaffet fregatterne og følte sig derfor ført bag lyset, men på en eller anden måde var sagen blevet dysset ned.

Det var nu en sandhed med modifikationer, for det ville tage alt for lang tid at gøre et inspektionsskib til en egentlig fregat. Masser af f. eks. elektronisk udrustning skulle installeres og de nødvendige kabler trækkes.

Men, i årene, der var gået, havde Lynx-piloterne fra Søværnets Helikoptertjeneste i al hemmelighed trænet brug af Stingray anti-ubåds torpedoer og Skua missiler mod overfladefartøjer – missiler og torpedoer venligst udlånt af Royal Navy. På dén måde kunne et inspektionsskib opgraderes hurtigt, nemt og effektivt. Ved at bruge helikopteren som våbenplatform.

"Altså... udover ubåden sender vi "Absalon", en korvet og et inspektionsskib af sted", tilføjede chefen for SOK.

"Så snart de tre overfladefartøjer er nået frem, begynder vi at forhandle med Libyen, og hvad de ikke ved, er, at vi har lukket fjorden med miner og har en ubåd i baghånden".

36

"Det går politikerne aldrig med til", spåede chefen for Hærens Operative Kommando.

"Det er klart, at den del af planen, der omfatter inspektionsskibets udrustning, er ømfindtlig politisk, fordi det vil være en omgåelse af forsvarsforliget, så jeg stoler på d'herrers diskretion - i hvert fald foreløbig, og så kan vi jo altid vende tilbage til, hvor meget politikerne behøver at få at vide - eller hvor meget, de forstår af det, de får at vide", sagde admiralen kryptisk.

"Der er så langt til Grønland, at vi er nødt til at handle nu og på egen hånd. Inden politikerne har tænkt sig om, er libyerne i fuld gang med deres forehavende, hvad det så end måtte være - og kan være nået væk igen, inden vi har fået gjort noget som helst. Ved at sende en flådestyrke af sted har vi jo ikke indledt krigshandlinger. Den kan kaldes hjem igen når som helst. Vi vil bare være forberedt på den værst tænkelige situation".

*

På "Sælen" var der travlhed. Mandskabets væddemål fortsatte, for ingen havde endnu fået noget konkret at vide. Men de fleste var alligevel overraskede, da man modtog ordre om, at der ikke skulle øvelses-torpedoer i rørene, og at der i de fire af torpedorørene skulle miner - to i hver - otte ialt.

Travlhed er nærmest en underdrivelse, for når en ubåd som "Sælen" skal have torpedoer om bord, så kræver det, at det meste af ubådens indmad fjernes - i hvert fald køjerne og skotterne mellem de forskellige messer, så det forreste af ubåden blev ét stort rum, hvor der er plads nok til at få bakset torpedoerne på plads. Samtidig blev der provianteret, og der kom varmt tøj om bord - og ikke mindst det sidste forhøjede væddemålenes indsatser. Ubådsfolkene var ikke vant til, at andre blandede sig i, hvad tøj de gik i.

Kaptajnløjtnant Ole Kierkegaard var ligeså forvirret som sin besætning. Var dette her endnu en øvelse, eller hvad ?

Det kom derfor som en lettelse for alle om bord, da Ole Kierkegaard blev bedt om at møde på eskadrechefens kontor.

Ole Kierkegaard var mere end spændt, da han bankede på til kontoret, og da han efter et fyndigt "Kom ind", åbnede døren og så, at der sad en række officerer i lokalet, blev han også overrasket.

"Sæt dig", sagde eskadrechefen venligt.

På en halv times tid var Ole Kirkegaard blevet sat ind i situationen af blandt andre kommandørkaptajnen fra Forsvarets Efterretningstjeneste.

"Sådan er hovedlinjerne og ordrerne", sagde eskadrechefen, "men din egen mere detaljerede planlægning er op til dig selv. Det haster jo en smule, så jeg foreslår, at du bruger natten til at tænke over sagerne, og så venter jeg spændt på at høre dine forslag i morgen tidlig. Skal vi sige klokken otte ?"

*

Ole Kierkegaard var rimelig tilfreds med sig selv.

Efter en lang nat fordybet over tabeller og søkort, havde han præsenteret eskadrechefen for sine tanker. Havde med små kryds på kortet vist, hvordan han havde tænkt sig at spærre så meget af mundingen af Kejser Franz Josephs Fjord som overhovedet muligt. Med bare otte miner kunne det ikke lade sig gøre at etablere en fuldstændig minespærring, men eskadrechefen havde været enig i, at hans forslag til placering af minerne var den bedst mulige løsning.

Chefen var kommet med et begejstret udbrud, da Ole Kierkegaard havde foreslået, at "Sælen" fik et par "frøer" med fra Søværnets Frømandskorps. På stedet kunne man så vurdere, om de skulle bruges til rekognoscering eller forsøge at placere sprængladninger på et eller flere af de libyske skibe. Måske begge dele.

De praktiske detaljer var hurtigt aftalt, og Ole Kierkegaard var blevet sendt af sted med besked om, at komme af sted nordpå så hurtigt som muligt.

Han mærkede næsten ikke træsheden, men besluttede sig alligevel for at få et par timers søvn, så kunne næstkommanderende klare resten af arbejdet med at gøre båden klar.

Han havde besluttet først at orientere besætningen, når de var kommet et pænt stykke op i Skagerrak.

*

Forsvarschefen havde heller ikke fået sovet ret meget. Nu sad han med mørke rande under øjnene og forsøgte at gøre øjenlågene mindre tunge med en sort kop kaffe. Situationen var ubehagelig. Men, alligevel døjede han med at skjule sin tilfredshed. Han ville lade sine kolleger fra Søværnet løbe linen helt ud uden at orientere politikerne. Senere i forløbet, når det var ved at være for sent, måtte han selvfølgelig briefe regeringen, men så vil den internationale krise være kommet så meget ud af kontrol, at admiralerne måtte gå planken ud.

Forsvarschefen morede sig højlydt ved sin sørøver-aforisme, og så allerede sig selv stå som redningsmanden overfor politikerne med et svækket Søværn og mere fokus på Hæren som et herligt perspektiv.

Beslutningen om at udruste et inspektionsskib

som fregat skulle politikerne ikke have at vide, før det var for sent. Kup var et alt for stort ord at bruge, men det var i hvert fald særdeles udemokratisk at handle sådan på egen hånd udenom politikerne og deres forlig. Alene det, at en ubåd i øjeblikket var på vej nordover var slemt nok i sig selv. Men også herligt på en eller anden måde. Forsvarschefen gned sig i hænderne.

*

Ole Kierkegaard følte sig godt tilpas. "Sælen" havde klaret turen fint indtil nu. Han sad i sit lille lukaf og forsøgte at samle tankerne, mens ubåden snorklede sig igennem en moderat nordatlantisk dønning.

Der havde været optræk til gnidninger mellem "Sælen"s mandskab og de to "frøer", det var blevet til, at de skulle have med om bord. Men et par formanende ord fra ham og et forslag om at lade "frøerne" vise deres evner i den turnering i kamp-ludo, der så småt var i gang, havde lagt en dæmper på problemerne.

Der var ikke noget at sige til, at nerverne var lidt flossede. De to "frøer" havde yderligere nedbragt den sparsomme plads, hvor der i forvejen ikke en

42

gang var en køje til hver mand, og så usikkerheden. Usikkerheden omkring denne mission. Mandskabet havde taget det forbavsende roligt, da han havde orienteret dem på åbent hav. Der havde været enkelte spørgsmål, men alligevel forbavsende lidt reaktion. Måske var alvoren ikke gået op for dem endnu. Og godt det samme, tænkte Ole Kierkegaard.

*

Forsvarsministeren var på en måde lettet. Han havde rådet statsministeren til også at invitere oppositionslederen med til det møde, de skulle have, og hvor han ville lægge kortene på bordet.

Men tingene var ikke gået helt, som forsvarsministeren havde forestillet sig. Statsministeren havde først lyttet koncentreret, mens oppositionens leder havde gnedet sig veltilfreds i overskægget over den katte-pine, som regeringen uden tvivl ville komme i. Bagefter havde statsministeren og oppositionslederen i sjælden enighed gjort ham klart, at man selvfølgelig måtte foretage sig noget. Officielt noget afventende som f.eks. at indsamle oplysninger - "viden, som siden skulle danne grundlag for den endelige politiske beslutning, som skulle træffes i bred enighed på tværs af partiskellene i Folketinget og i fuld overensstemmelse med NATO og andre internationale organer. Der skulle ikke fejes noget ind under gulvtæppet". Jo, statsministeren havde ordet i sin magt.

På helt almindelig dansk betød det, at forsvaret - under bordet - fik grønt lys til at gå videre, som man fandt det for godt, men at forsvarsministeren måtte tage hele skraldet, hvis noget gik galt. I dén situationen ville både statsministeren og oppositionslederen hårdnakket hævde, at de ikke var blevet orienteret tilstrækkeligt om situationens alvor.

Men, hvis alt gik godt, så var der til gengæld heller ikke tvivl om, hvem der ville tage hele æren, tænkte forsvarsministeren. Han rystede på hovedet og spekulerede på, hvorfor han egentlig var gået ind i politik.

*

Det "gule" lys fra statsministeren var nok til at ledelsen i Søværnet i huj og hast gik i gang med at udstede alle relevante ordrer, og på rekordtid blev støtteskibet "Absalon", korvetten "Peter Tordenskiold" og inspektionsskibet "Hvidbjørnen" gjort klar til at stikke til søs.

"Hvidbjørnen" i situationens anledning og uden politikernes vidende udrustet som fregat med Lynx-helikopter armeret med Sea-Skua-missiler mod sømål – igen stillet til rådighed af briterne.

Stingray-torpedoerne til nedkæmpelse af u-både var desværre ikke nået frem, men det kunne også være lige meget, for der var jo ingen ubåde i den libyske styrke. Og desuden havde "Absalon" anti-ubådstorpedoer, og "Hvidbjørnen" en samling antikverede dybdebomber fra anden verdenskrig om bord.

Under andre omstændigheder ville chefen for Søværnets Operative Kommando havde været til stede ved afsejlingen og holdt en af sine taler, men i den aktuelle situation fandt man det klogest at holde ualmindelig lav profil. Forsvarschefen havde jo orienteret politikerne, og så var det ellers bare med at være så diskrete som muligt. Derfor var det kun en søvnig opvasker på færgen "Stena Danica" og et par middelsvært overrislede norske turister, der overværede, at sidste del af

den danske ekspeditions-styrke forlod
flådestationen i Frederikshavn i den grå time
mellem klokken tre og fire en ganske usædvanlig
onsdag morgen.

"Muligheden for at kalde skibene tilbage og
afblæse det hele var stadig til stede i nogle dage
endnu", trøstede forsvarsministeren sig selv,
kontrollerede vækkeuret endnu en gang og
forsøgte at sove.

*

Dagen var ikke mange sekunder gammel før
"Sælen"s periskop brød havoverfladen et par
sømil udfor Kejser Franz Josephs fjord. Ole
Kierkegaards årvågne øjne klæbede sig til
okularet, mens han langsomt lod periskopet glide
hele horisonten rundt.

Et par timer forinden havde hans libyske kollega
forladt sin patruljetjeneste og sejlet ind i fjorden
for at deltage i et krisemøde for skibscheferne.
"Al Hani" havde stadig maskinskade,
problemerne med det meteorologiske udstyr var
stadig ikke løst, og den libyske eskadre-chef

anede ikke sine levende råd. Han havde brug for at få alle de gode råd, hans officerer kunne give. Derfor mødet - radiotavsheden måtte for Allahs skyld ikke brydes endnu en gang.

Ole Kierkegaard slappede af igen. Intet var at se. Ikke at det undrede ham, for hydrofonoperatøren havde meldt ro og fred, allerede inden, de gik op i periskopdybde. Men, man kunne jo aldrig vide. En ubådschef klarede sig bedst i længden ved at bruge sin sunde skepsis og fornuft fremfor at stole blindt på instrumenterne. Den lektie *havde* han lært, selv om han var soldat i fredstid.

Det var i øvrigt noget underligt noget. Han betragtede sig stadig som levende i en fredelig tid, selvom han var chef på en dræber-maskine, der for første gang var ude i et alvorligt ærinde. Tanken om død havde strejfet ham flere gange på den lange tur over Nordatlanten. Både hans egen død og en eventuel fjendes. I de uendelige rutiner på så lang en sejltur var der masser af tid til at lade tankerne få frit løb, men underligt nok havde mandskabets eventuelle død ikke belastet ham. Det hele var så uvirkeligt, og det virkede som om alvoren stadig ikke var gået op for "Sælen"s besætning. Eller også var de gode til at fortrænge virkeligheden, og det var jo selvfølgelig også en måde at overleve på.

Det meste af turen nordpå havde mandskabet brugt meget tid på at spille den storstilede turnering i kamp-ludo – iført mærkeligt udseende, men meget fantasifulde hovedbeklædninger. Ole Kierkegaard havde også været med, men var hurtigt blevet slået ud. Han døjede også med at koncentrere sig om andet end at gennemgå sin opgave i hovedet gang på gang. Når han sad alene i sit lille lukaf havde han også tilladt sig selv at tvivle på hele sagen. Kunne han løse sin opgave ? Var grønlænderne overhovedet interesseret i at blive hjulpet på denne måde. Hjemmestyret var jo ikke længere nok for dem, nu ville de have fuld selvstændighed. Hvorfor skulle danske soldater så risikere liv og lemmer ? - nogle var formentlig allerede døde i forbindelse med "Thetis" pludselige forsvinden.

Ole Kierkegaard rystede tankerne af sig, gav ordre til at sænke periskopet og lod vagtchefen overtage kommandoen. Patruljen var begyndt og alles sanser var skærpede. Selv kokken havde forstået situationens alvor og fundet det passende at forkæle besætningen. Aftenens menu skulle være en rigtig 3-B ubåds-menu bestående af biksemad, bearnaisesauce og bajere. Ja, det sidste "B" måtte de vente med til de en gang kom i land igen. Til gengæld var der islagkage til dessert.

*

Ved TV-Avisens skriveborde i nyhedsrummet i DR-Byen var der hektisk aktivitet – grænsende til kontrolleret panik. Der var 35 minutter til aftenens hoved-avis klokken 21. Deadline var sådan set allerede ved at være nået, men som sædvanlig var der et par historier, der var forsinkede. Det ene indslag ville måske endda ikke nå at blive færdig-redigeret i løbet af udsendelsen. Den vagthavende redaktionssekretær overvejede alternativerne og havde næsten besluttet sig, da telefonen ringede.

Manden i den anden ende af røret var tydeligvis ude af flippen, men et eller andet holdt redaktionssekretæren fra at klaske røret på.

"Jeg har en god historie fra Grønland", sagde manden i telefonen.

"Og hvad går den så ud på ?", spurgte redaktionssekretæren tålmodigt, selvom han faktisk ikke havde tid til at tale med en seer nu med en deadline hængende over hovedet .

"Det drejer sig om et skib, der er gået ned med mand og mus. Ring til Flådestation Grønnedal og få historien af Grønlands Kommando", sagde manden, og nu var det ham, der klaskede røret på.

Hvad redaktionssekretæren ikke vidste var, at den anonyme opringning kom fra Grønlænderhuset i Aalborg, og at manden i telefonen var svoger til den fanger, der havde været den første på stedet, hvor inspektionsskibet var sunket. Fangeren havde haft behov for at snakke med nogen, og det var gået ud over svogeren, der var i gang med en ingeniøruddannelse på Aalborg Universitet.

Der var nu 10 minutter til udsendelsesstart, og redaktionssekretæren glemte alt om telefonsamtalen - i hvert fald i 12 timer. Ved redaktionsmødet dagen efter, dukkede telefonsamtalen og historien op igen. Agurketid var vel så meget sagt, men det kneb altså lidt med idéerne, så en journalist blev sat på opgaven med

at ringe til Grønlands Kommando. Hverken
redaktionssekretæren eller den pågældende
journalist troede et øjeblik på, at historien ville
blive til noget.

*

Ekspeditionsstyrkens overfladeenheder var
dårligt nået ud i Nordatlanten, før problemerne
begyndte at melde sig. Vejret viste sig faktisk fra
en forholdsvis pæn side, men slingeragen var
alligevel så voldsom på "Peter Tordenskiold", at
porcelæn og andet mere løst udstyr lå knust og
rutschede rundt på dørken i takt med
dønningerne. Halvdelen af mandskabet lå
underdrejede med søsyge.

På den positive side var, at intet af det tekniske
udstyr på korvetten havde taget skade. Det havde
det derimod på "Absalon", hvor et overophedet
stævnrør blev ved med at volde problemer. Et
faktum, der havde nedsat ekspeditionsstyrkens
fart til ca. 12 knob. Det var nødvendigt at holde
styrken samlet, så måtte det tage den tid, der var
nødvendig.

Man kunne derimod godt se på "Hvidbjørnen" og
dens gang i søen, at inspektionsskibet var bygget

til Nordatlanten. De rulledæmpende "flaps" eller vinger, der kunne skydes ud vinkelret på skroget under vandlinjen gjorde underværker.

*

Den libyske styrkechef så op fra sine papirer. Hvad var det for en uro og råben? Han rejste sig fra skrivebordet, gik over til koøjet og så ud over et gråt, overskyet og nærmest dvælende grønlandsk landskab. Så fik han øje på bevægelserne inde på kysten, de ophidset vinkende mænd, der bragte landskabet til live og lod uroen brede sig til skibet på fjorden.

I det samme bankede det på døren til lukafet og få øjeblikke efter et bestemt "kom ind", stod "Dat Assawari"s vagtchef og forklarede, at folkene på land havde overrasket nogle danske soldater – nærmest ved en tilfældighed. Danskerne havde ligget i deres hvide camouflagedragter på et klippefremspring ned mod fjorden og var blevet opdaget af en libysk meteorolog, der måtte træde af på naturens vegne. Meteorologen havde gjort anskrig og svært bevæbnede libyske marinesoldater havde hurtigt afvæbnet danskerne og tilintetgjort deres radioudstyr. Forinden havde folkene fra Sirius-patruljen dog nået at sende en radiomelding til Daneborg om libyere, der havde travlt med at gøre nogle balloner klar...

*

Beskeden om de tilfangetagne Sirius-folk havde i et kort øjeblik lammet statsministeren. Ligbleg havde han stirret ud af vinduet i sit kontor i Statsministeriet. Fuldkommen tom indvendig. Kun en pulserende åre i tindingen viste tegn på liv. Men han kom hurtigt til sig selv igen og skreg hysterisk til ministersekretæren, at der skulle nedsættes en krisestab – og at den skulle møde hos ham øjeblikkeligt.

Krisestabens møde et par timer senere samme eftermiddag gjorde ikke statsministeren synderligt klogere eller mere rolig. Hverken forsvarsministeren, værnscheferne eller oppositionslederne forstod meldingen om balloner.

"Det næste bliver vel, at de også begynder at flyve med zeppelinere eller drager...", forsøgte lederen af Folketingets eneste tilbageværende såkaldte socialistiske parti sig. Han var kendt for at være en morsom mand, men iskolde blikke bordet rundt bragte ham hurtigt til tavshed og en dyb og eftertænksom stilhed lagde sig over lokalet.

*

Ole Kierkegaard klappede periskopets håndtag ind til stammen. "Periskop ned !" Og med en elektrisk summen trak "Sælen" sit følehorn til sig igen. Ubåds-chefen havde ved selvsyn fået bekræftet, hvad hydrofonerne allerede havde fortal ham: Der var helt stille på overfladen i den grønlandske nat.

"Sælen"s position på det elektroniske søkort viste, at de var meget tæt på deres mål. I nogle timer efterhånden havde sprogofficeren (som eskadrechefen havde insisteret på, at de tog med, selvom det gik yderligere udover den i forvejen trange plads), kunnet følge libyernes kommunikation mellem skibene i Kejser Franz Josephs Fjord og styrken på land. Han var selv af mellemøstlig herkomst, men talte så udpræget nørrebrosk, som man kun kan, når man er født og opvokset i den sorte firkant. En fantastisk efterretningsmaskine sådan en ubåd, tænkte han. Normalt havde han sin gang hos FET på

Kastellet, og han havde været spændt på, om han nu også var søstærk og kunne klare turen. Men, frygten havde vist sig at være ubegrundet. Det var gået over al forventning. Forlægningen havde dog været lang og lidt kedelig, fordi han sammen med de to frøer fra Frømandskorpset var de eneste, der ikke havde vagter om bord. Men, nu var de nået så langt frem, at det var hans tur til at vise, hvad han kunne.

Libyernes radio-kommunikation kunne følges helt tydeligt, og elektronikken om bord var så fintfølende, at han også havde kunnet aflytte mobiltelefoner, hvis der ellers havde været antenner på land, der muliggjorde mobiltelefonsamtaler i denne del af Grønland. Faktisk kunne han fra sit arbejde på Kastellet huske en episode, hvor én af hans kolleger på "Sælen" i Middelhavet et par år tidligere havde opsnappet et par mobiltelefon-samtaler om en våbentransport, som senere gav mulighed for, at man kunne tippe den libanesiske hær og forhindre, at en sending avancerede missiler nåede frem til Hizbollah-militsen.

Sprogofficeren havde dét tilfælles med

statsministeren og resten af krisestaben hjemme i København, at også han fik undrende rynker i panden, når libyerne talte om problemer med balloner.

*

Niels Peter Ravn havde været journalist på TV-Avisen i et halvt år, og det havde ikke just været en dans på roser. Han havde ikke rigtig haft heldet med sig og fået hul på de solo-historier, som han ellers var kendt for i sin tid på Frederiksborg Amts Avis. Det var ligesom noget andet at være Benjamin i DR-Byen – og lidt svært, når man før havde været stjernereporter i Hillerød. Han havde heller ikke villet fedte for de rigtige blandt kollegerne i DR-hierakiet – og han mente selv, det var baggrunden for, at han altid fik de håbløse tjek-sager, som ingen andre ville røre ved.

Som f.eks. opgaven med at undersøge tippet fra grønlænderen. Tippet om at kontakte Grønlands Kommando i Grønnedal og spørge til et skib, der var gået ned med mand og mus. Hvis det virkelig havde været tilfældet, ville historien for længst have været ude på Ritzau. Nå, agurketid var agurketid, så han kunne ligeså godt tage sig sammen og få det overstået.

Niels Peter Ravns var kendt – eller måske nærmere berygtet – for sine humørsvingninger, men hans humør havde dog aldrig skiftet så hurtigt, som det gjorde efter fem minutters samtale med den vagthavende officer ved Grønlands Kommando. Der *var* en eller anden form for kød på grønlænderens tip. Det var helt tydeligt. Niels Peter Ravn begyndte så småt at se sin fremtid på TV-Avisen i et nyt lys. Og det var bestemt ikke noget ubehageligt syn.

Først var officeren i Grønnedal klappet i som en østers, men hårdt presset havde han måttet indrømme, at der måske havde været en eller anden episode med et skib. Han kendte dog ikke mere til sagen, men havde for alvor vakt Niels Peter Ravns interesse, da han havde nægtet at stille om til chefen, men i stedet havde henvist til Kastellet eller SOK.

*

Ole Kierkegaard gned sig i hænderne. Indsejlingen til Kejser Franz Josephs Fjord var blevet mineret på rekord-tid. Han var stolt af sin besætning og konstaterede med tilfredshed, at måneders træning ikke havde været forgæves.

Med de få miner, han havde til rådighed, kunne han ikke fuldstændig lukke indsejlingen til fjorden, men han havde på kortet fundet den rute, som han ville tage, hvis han skulle sejle ind og ud ad fjorden, og så måtte han bare håbe, at libyernes tankegang i givet fald ville ligge tæt på hans. Forskellen i kultur var stor, men Ole Kierkegaard havde ved flere lejligheder konstateret, at søfolk verden over tænkte overraskende ens – i hvert fald, når det gjaldt om at færdes på havet.

I den sydlige del af indsejlingen havde han bevidst lavet en fri passage med en passende margin på begge sider, og dét hul var "Sælen" på vej igennem for indadgående, netop mens han stod og tænkte.

Planen var, at "Sælen" - populært sagt - skulle snige sig så tæt ind på den libyske flådestyrke, som muligt. Frøerne skulle så sluses ud af tårnet under vand og svømme helt tæt på. Tidligere havde man sluset frømænd ud af tomme torpedorør, men selv om der nu var plads efter at minerne var lagt, foretrak Ole Kierkegaard alligevel udslusning gennem tårnet.

Det var af afgørende betydning, at frømændene usete kunne komme så tæt på libyerne, at de kunne skaffe ham den information, han så hårdt havde brug for. Indtil nu var libyernes tilstedeværelse i Kejser Franz Josephs Fjord stadig én kæmpestor gåde.

*

I et farvand som Kejser Franz Josephs Fjord er det ikke let at finde en ubåd. Havvandet med høj saltkoncentration blander sig med ferskvandet fra den store Waltershausen Gletscher – eller blander sig gør de netop ikke. Saltvandet og ferskvandet lægger sig nemlig som separate lag, der forhindrer sonarens stråler af lydbølger fra et overfladeskib i at trænge igennem. Tværtimod bøjer strålerne af, når laget af vand skifter karakter, og det giver masser af smuthuller og skjulesteder for en ubåd.

Om det var de forskellige lag af fjordvand, der også her var grunden, eller om "Sælen"s mandskab var så dybt koncentrerede om den forestående udslusning af frømændene, at de ikke var tilstrækkelig på vagt, må forblive i det uvisse. Men, det lykkedes faktisk for "Sælen" og den libyske ubåd af Foxtrot-klassen at passere hinanden på vej henholdsvis ind og ud fra de libyske fregatter – uden at de blev klar over hinandens tilstedeværelse. Måske var grunden bare, at Kejser Franz Josephs fjord er et stort – nærmest skærgårdsagtigt område, hvor man er overladt til sig selv. Eller at den libyske ubåd valgte den lige vej ud ad fjorden mellem Gauss halvø og Ymer ø, mens "Sælen" sneg sig en diskret omvej indad syd og vest om Ymer ø.

Ca. to sømil fra de libyske skibe gav Ole Kierkegaard ordre til at stoppe "Sælen"s elektromotor, og ubåden gled endnu nogle meter videre på opskuddet i et perfekt trim. Der var dødstille om bord, så stille, at Ole Kierkegaard så irriteret op, da den ene af frømændene kom til at skrabe sin dykkerbrille mod bordet i mandskabsmessen. Han og kollegaen måtte nødvendigvis passere den trange basse-messe for at komme fra torpedo-rummet og frem til tårnet på kanten af kommandorummet. Torpedoer, miner og frømænd havde delt kvarter på hele turen.

Lyden af dykkerbrillen var så svag, at man under normale omstændigheder ikke ville have lagt mærke til den. Men stilheden og spændingen om bord var så intens, at "Sælen"s mandskab hørte lyden som en overnaturlig og afslørende, høj skraben.

Selve udslusningen af de to frømænd foregik helt planmæssigt og uden komplikationer. De kravlede op i rummet midt i tårnet, lukkede lugen ned til ubåden, bankede med en hammer som signal til, at tårnet kunne fyldes med vand. På den måde blev trykket udlignet og den yderste luge i toppen kunne åbnes til fjorden udenfor.

*

Stemningen i Statsministeriet virkede koldere, end temperaturen nogensinde ville komme ned på langs den grønlandske østkyst.

Ministersekretæren havde hele dagen vimset nervøst rundt om Statsministeren – på én gang

61

opmærksom og samtidig helt lydløs for ikke at få et af statsministerens berømte, lynende øjekast – dramatisk indrammet af de buskede øjenbryn.

Landets politiske leder var populært sagt på spanden. På den ene side var der sket en alvorlig krænkelse af Rigsfællesskabets suverænitet. En krænkelse, der krævede øjeblikkelig og fast indgriben, hvis Danmark skulle bevare sin troværdighed (og tages alvorligt af de amerikanske allierede, som statsministeren så gerne ville stå sig godt med). På den anden side havde det danske folketing en sammensætning, som ville gøre det endog særdeles vanskeligt at træffe en vigtig beslutning på bare nogenlunde kort tid. Samtidig havde han sendt ekspeditionsstyrken af sted nordpå – *uden* Folketingets vidende. Kun parti-lederne fra de største partier var orienteret fortroligt.

Oveni det hele havde Søværnet mistet et inspektionsskib – formentlig uden overlevende og to mænd fra Sirius-patruljen var ikke kommet tilbage efter deres patrulje til Kejser Franz Josephs Fjord. Tab af menneskeliv var det værst tænkelige.

Der var virkelig lagt i kakkelovnen til en eventuel

rigsretssag, tænkte statsministeren med en gysen.Ud på eftermiddagen besluttede han at gøre – ingenting. I hvert fald ikke foreløbig. Han måtte vide noget om libyernes hensigter, inden han kunne gå videre til Folketinget.

Og så nikkede han til ministersekretæren, som tegn på, at denne skulle skaffe ham en frisk kop kaffe.

*

Niels Peter Ravn arbejdede som en rasende på at få historien klar til aftenens sene TV-Avis, men han følte, at han snart havde sat ny, dansk rekord i at løbe panden mod en mur. Både Kastellet og SOK havde sat det helt store sløringsapparat i gang, da Niels Peter Ravn kontaktede dem. Det var de klassiske løsninger med at stille om fra den ene til den anden og videre til den tredje osv. – og til venlige løfter om at ringe tilbage – løfter, som aldrig blev indfriet.

Men, Niels Peter Ravn var stædig. Han følte stadig, at han havde færten af noget, og hans fornemmelser var gode nok til, at han kæmpede

63

ufortrødent videre. Nåede han ikke aftenens TV-Avis kl. 21, var der atter en dag i morgen.

*

Besætningen på "Sælen" havde fået nye kræfter, og Ole Kierkegaard delte folkenes optimisme. Frøernes lange svømmetur i det iskolde vand i Kejser Franz Josephs Fjord havde været en stor succes.

Præcis på det aftalte tidspunkt havde man i ubåden kunnet høre puslen ved tårnlugen efterfulgt af indstrømmende vand. Efter få minutters forløb lød hammerens banken på lejderen som signal til, at den nederste luge til ubådens trykskrog kunne åbnes.

Tænderne havde klapret i munden på de to nedkølede frømænd, mens de aflagde rapport til Ole Kierkegaard.

For det første havde de lettet konstateret, at libyerne åbenbart følte sig så sikre på, at de var uopdagede, at de ikke selv havde haft frømænd ude. For det andet havde de derfor i ro og mag kunnet tage stilling til, hvor og hvordan der eventuelt senere kunne anbringes sprængladninger på de libyske skibe. Og for det tredje – og lige nu det allervigtigste: De havde en forklaring med hjem på, hvad libyerne mente, når de talte om balloner.

"Vejrballoner!", havde Ole Kierkegaard overrasket udbrudt, da han fik forklaringen i sit lille lukaf. Pladsforholdene var så trange, at de to frømænd måtte ind til chefen én ad gangen.

"Hvad i himlens (øh, nå ja) navn skal de med vejrballoner?"

Begge frømænd var blevet ham svar skyldig, men beskeden blev krypteret og med det samme givet videre til SOK via Flåderadioen i Frederikshavn.

*

Der var formentlig ingen på "Peter Tordenskiold", der opdagede noget. Sammen med "Absalon", som langt om længe havde overvundet problemerne med stævnrøret, og "Hvidbjørnen" var korvetten i det tidlige morgengry nået så langt op langs den grønlandske østkyst, at farten var blevet beordret nedsat af flotilleadmiralen. Sammen med Søværnets Taktiske Stab ledede han slagets gang

65

fra kommandostøtteskibet "Absalon". Admiralen ville liste sig ind på libyerne.

Solens allerførste stråler sørgede for lyssætningen som i en film, mens "Peter Tordenskiold" som i slowmotion blev slynget op i luften af en kæmpe eksplosion. Korvetten stod på et tidspunkt nærmest helt stille i luften, og marineoverkonstablen, der var udkik på "Absalon"s bro, svor senere, at han i sin kikkert ligefrem kunne se "Peter Tordenskiold"s svejsninger zippe op som en lynlås, da korvetten brækkede midt over og sank tilbage i havet.

Det danske søværn havde mistet endnu et skib, og endnu en besætning - og årsagen var endnu en gang en torpedo fra den libyske ubåd. Men, denne gang afslørede den sig selv. "Absalon"s operationsofficer var gammel ubådsmand, og han var ikke et sekund i tvivl om, at sænkningen var en ubåds værk.

Under anden verdenskrig sigtede ubådene efter de skibe, de ville sænke, tog hensyn til målets kurs og fart, affyrede deres torpedoer og håbede så ellers på det bedste.

Nu om dage var torpedoerne trådstyrede, så man

kunne rette på en torpedos kurs, takket være en lille kobbertråd, som rullede sig ud efterhånden, som torpedoen bevægede sig frem i vandet. Når der ikke var mere kobbertråd, var torpedoen indstillet på at fortsætte i stadig mere snævre cirkler, hvis den da ikke allerede *havde* ramt sit mål.

I den sidste store krig eksploderede torpedoerne i dét øjeblik, de ramte. Nu var fidusen at bringe en torpedo til eksplosion *under* målet, så vandet i bogstaveligste forstand blev fjernet som underlag for det fjendtlige skib. Og da det ikke er i stand til at bære sig selv i luften, ville det uværgerligt "knække ryggen", som ubådsfolkene så malerisk udtrykte det. På den måde kunne man nøjes med at bruge en enkelt torpedo og så lade tyngdekraften klare resten.

Og det var lige nøjagtigt sådan det skete med "Peter Tordenskiold". Det stod helt klart for "Absalon"s operationsofficer.

*

Den libyske styrkechef om bord på "Dat Assawari" var urolig, men i ganske godt humør. Ubådschefen var denne gang ikke gået sine egne veje, men havde angrebet på hans ordre – en ordre, han nødtvunget havde måttet give, simpelthen for at vinde tid. Og apropos tid: Det var nu oplagt, at hans styrke i Kejser Franz Josephs Fjord ville blive opdaget meget snart.

Sænkningen af "Peter Tordenskiold" var – som nævnt – for at vinde tid, og hans tilfredshed skyldtes, at det teoretisk set stadig var muligt at nå at indsamle de nødvendige meteorologiske oplysninger. Om det så bagefter ville lykkes ham at bringe skibe og mænd sikkert tilbage til Nordafrika var op til Gud. InshAllah...

Heldigvis var teknikerne ved at have kontrol over maskinskaden på "Al Hani", så det lovede godt.

*

Ulrik Skårup havde arbejdet som civilt ansat i Forsvarets Efterretningstjeneste på Kastellet i næsten otte år. Hans arbejde, som hovedsageligt bestod i at analysere forskellige situationer, interesserede ham voldsomt. Begivenhederne i Nordatlanten havde da også optaget ham 100 procent siden dag et.

Sirius-patruljens oplysninger om vejrballoner og

en tilfældig bog, han havde fundet på et loppemarked på Israels Plads, bragte ham på sporet af libyernes hensigter. Bogen lå på hans natbord derhjemme i lejligheden på Frederiksberg og handlede om landsætningen af tyske meteorologer på Grønland under anden verdenskrig.

Sammenhængen mellem libyernes meteorologiske undersøgelser og planen om udslettelse af Israel, havde end ikke Ulrik Skårup dog fantasi til at forestille sig.

I begyndelsen var det mest det faglige i sagen, der optog ham. Men meget til overraskelse for ham selv begyndte han også at få moralske kvababbelser. Ulrik Skårup havde aldrig været særlig politisk bevist, havde aldrig været medlem af noget parti, men alligevel måtte demokratiet have en større plads i hans sind, end han selv havde forestillet sig.

Man kunne ikke sige, at statsministeren havde løjet. Han havde bare undladt at fortælle sandheden til offentligheden, men var det ikke stort set det samme ?

Ulrik Skårup var glad for sit arbejde. Han var

tilhænger af, at Danmark havde et forsvar – ikke fordi han havde nogle illusioner om, at landet skulle eller kunne vinde nogle krige. Men, det var et nødvendigt signal at sende til det internationale samfund: Her er der et land og et folk, hvis suverænitet betyder meget for dem.

Han havde skrevet speciale på universitetet i sin tid om netop disse ting. Specialets konklusion var, at Danmark måske ikke ville være blevet besat under anden verdenskrig, hvis landet havde haft et lille, men stærkt og effektivt forsvar. En hveps er et lille dyr, men selv den stærkeste nærmer sig kun nødtvunget et hvepsebo. Hitler var jo kun interesseret i et støttepunkt i Nordjylland i forbindelse med felttoget mod Norge, som var hans egentlige mål på grund af landets forekomster af jernmalm. Et effektivt forsvar kunne have afholdt Hitler fra at besætte *hele* landet. Han kunne have nøjedes med et brohoved, der kunne give ham mulighed for at benytte Aalborg Lufthavn. Ikke nogen rar situation for kongeriget Danmark, men vel bedre end den totale besættelse og de fem forbandede år. Og under første verdenskrig var det jo lykkedes at holde Danmark neutralt takket være bl.a. et stærkt forsvar. Specialet havde givet Ulrik Skårup et 10-tal efter den gamle skala.

Det, der nagede ham nu, var, at statsministeren ikke fægtede med åben pande. Med den rette oplysning og argumentation kunne han sagtens have fået opbakning i størstedelen af befolkningen til sin indgriben mod libyerne. Og hvorfor inddrog han ikke NATO ? Af frygt for at sagen skulle udvikle sig internationalt ?

Overvejelserne kom til at koste Ulrik Skårup jobbet i FET, og han fik også senere en retssag om landsforræderi på halsen. Det var nemlig Ulrik Skårup, der kort før fyraften greb telefonen og lækkede historien til Niels Peter Ravn fra TV-Avisen.

*

"Hvidbjørnen" opdagede den libyske ubåd kort tid efter, at inspektionsskibet havde aktiveret sin variable dybde sonar. En sådan sonar er en større sag med propel, som kan sænkes ned i havet fra en luge i agterskibet. Fordelen ved en variabel dybde sonar ligger i navnet: Den kan hæves og sænkes til forskellige dybder, som derved kan gøre det svært for en ubåd at gemme sig i de

forskellige saltholdige lag, som en almindelig
skrog-baseret sonar ikke kan trænge igennem.

I operationsrummet på "Hvidbjørnen" var
ubådens ekko klart og tydeligt, og det var allerede
bekræftet, at det ikke var "Sælen"s ekko, man
havde opfanget. En sonar er altafgørende, når
man skal finde ubåde, men "Hvidbjørnen"s
besætning blev rigtig godt hjulpet af, at den
libyske ubåd var en gammel, bedaget og støjende
ubåd af Foxtrot-klassen. En moderne ubåd ville
have været meget mere lydløs – og tilsvarende
meget sværere at finde.

Efter en halv time overtog "Absalon" ansvaret for
ubåds-jagten. Kommandostøtteskibet var langt
mere effektivt i selve nedkæmpelsen af en ubåd
med sine topmoderne anti-ubådstorpedoer.

*

Statsministeren havde haft en urolig formiddag.
Han havde været på toilettet indtil flere gange, og
telefonen på hans skrivebord i Statsministeriet
havde kimet uafbrudt efter aftenens indslag i TV-
Avisen. Ikke engang hans spin-doktor havde

kunnet komme op med en brugbar strategi for, hvordan pressen og ikke mindst de ophidsede politikere i Folketinget skulle tackles.

Indtil videre var det lykkedes at holde de fleste samtaler fra livet.

"I må kunne forstå, at statsministeren i den nuværende og kritiske situation har meget travlt", argumenterede ministersekretæren i telefonen.

Der var ingen vej udenom: Folketinget skulle orienteres, men det måtte på grund af krisen kunne klares sådan, at den fulde og hele sandhed – eller så tæt på den, man nu kunne og ville komme - blev givet i et mere lukket forum, mens det kun var de store og forenklede linjer, offentligheden blev fodret med fra Folketingssalen. Statsministeren havde gennemgået det hele i hovedet indtil flere gange.

Medlemmerne af forsvarets ledelse var de første, han valgte at tale med. Farten på begivenhederne i Nordatlanten skulle simpelthen sættes op. En militær succes skulle fremtvinges så hurtigt som muligt. Det var simpelthen hans politiske karriere, der stod på spil.

*

"En libysk ubåd lige her ? Det var lige godt…"
Ole Kierkegaard var rystet, da han diskuterede
signalet fra "Absalon" med ubådens
næstkommanderende. "Sælen"s radiomand havde
givet ham signalet for få minutter siden, og han
havde straks kaldt NK til sit lukaf. Normalt kunne
man ikke have særligt mange hemmeligheder for
hinanden i en kyst-ubåd, men Ole Kierkegaard
havde brug for lige at vende skråen, inden han
orienterede hele besætningen.

"Vi sejler vel bare ud og finder ham ved fjordens
udmunding og bom…", sagde NK og klaskede
hænderne sammen med en høj lyd. Han havde
aldrig været til de store filosofiske overvejelser.
Det var bare lige på og hårdt – uden omsvøb.

"Nå, så simpelt er det nu ikke", argumenterede
Ole Kierkegaard. "Vi må gå mere forsigtigt til
værks, for de torpedoer, vi har i rørene, kan kun
klare en ubåd i overfladen – eller teoretisk set i
periskop-dybde".

Søværnet havde ikke været forberedt på en

fjendtlig ubåd. "Sælen"s torpedoer var udelukkende beregnet på overfladmål.

"Heldet vil få alt for stor betydning efter min smag, hvis det kommer til kamp", sagde Ole Kierkegaard nærmest henvendt til sig selv.

Ubådschefen var mere den grundige type, og han vidste, at en ubåd var en anden ubåds værste fjende. Det var bare ikke sådan lige på forhånd givet, hvem der ville blive jæger, og hvem, der blev bytte.

"Sælen" havde nogle åbenlyse fortrin, tænkte han. Den var trods alt mere moderne og mere lydløs end den gamle, libyske Foxtrot-ubåd. Sonar-folkene på "Hvidbørnen" og "Absalon" havde ikke haft problemer med at klassificere fjenden. Foxtrot-lydprofilen var umiskendelig.

Men, russerne kunne deres kram, og Foxtrot-ubådene havde været en international salgssucces længe inden de mere moderne, russiske ubåde af Kilo-klassen havde overtaget deres plads på eksportmarkederne.

Intet, absolut intet, var givet på forhånd, og libyernes odds var som udgangspunkt bedre end de danske.

Man skal aldrig undervurdere en fjende. Det var derfor, at det var Ole Kierkegaard, der var chef på "Sælen" – og ikke hans jævnaldrende næstkommanderende.

Ubådschefen bjæffede nogle korte ordrer ud i kommandorummet, og kort efter havde "Sælen" vendt næsen mod udmundingen af Kejser Franz Josephs Fjord. Farten var tilpasset kompromisset mellem at sejle hurtigt, fordi det hastede - og alligevel så økonomisk, at der kunne være strøm nok på batterierne til et angreb.

*

Flotilleadmiralen om bord på "Absalon" lignede en tordensky.

Den libyske ubådschef var en snu rad, og "Absalon" og "Hvidbjørnen" havde igen mistet kontakten med den libyske ubåd.

Admiralen havde i samråd med chefen på kommandostøtteskibet besluttet sig for et nyt eftersøgningsmønster. Ubåden *skulle* simpelthen findes igen. Nu gjaldt det om at være tålmodig og rolig – ikke så ulig jægeren, der sidder i skovbrynet og venter på bytte på én af de første dage af bukkejagten.

*

Om bord på "Dat Assawari" og "Al Hani" var stemningen anspændt.

Der var stadig problemer med at få det meteorologiske udstyr til at virke. Vejrballonerne var ikke kommet i luften endnu – nu var problemet noget så simpelt som en studs i den rigtige størrelse. Den manglede, så det ikke var muligt at få helium fra den medbragte tank over i ballonerne. Maskinfolkene var i fuld gang ved drejebænken med at prøve at lave noget, der passede, men...

"Tænk, hvis en udslettelse af Israel blev forhindret af noget så banalt som en metal-studs....". Den libyske styrkechef fik en kuldegysning ved tanken. Om det var jøderne eller tanken om hans fremtidige karriere, der plagede ham mest, var han ikke selv helt klar over.

Når stemningen var spændt på skibene i bunden af Kejser Franz Josephs Fjord, så hang det også sammen med, at libyerne vidste, at noget måtte ske. Deres ubåd havde sænket to af de danske skibe, og på et eller andet tidspunkt *måtte* danskerne komme med et modtræk. Og det ville formentlig ske meget snart.

*

Niels Peter Ravn havde kronede dage på TV-Avisen. Hans scoop for næsen af Nyhederne på TV2 og TV2 News, aviserne, radioerne – ja, dem alle sammen – havde øget hans anseelse væsentligt. Nu vendte man sig om efter ham, når han gik igennem nyhedsrummet (han nægtede at kalde det for newsroom – det danske sprog var godt nok, det andet var snobbet, udenlandsk blær). Selv generaldirektøren havde henvendt sig smilende til ham, da de tilfældigt passerede hinanden i indre gade i DR-Byen.

”Jeg må huske at nævne dét med generalen, når

jeg skal til lønforhandling næste gang", grinede han til redigeringsteknikeren, han skulle arbejde sammen med de næste par timer.

De var i fuld gang med at redigere et interview med statsministeren, som havde fundet det formålstjenligt at henvende sig til befolkningen gennem TV-mediet. Det var bestemt ikke en journalistisk livret, når samfundsledere ligefrem bestilte taletid, men Niels Peter Ravn fløjtede alligevel. Denne situation var noget ganske særligt !

Statsministeren forsøgte sig i interviewet med at føre sig frem som hudløs ærlig statsmand med en inderlig appel om moralsk støtte og opbakning fra seerne (læs: vælgerne).

"Som alle må kunne forstå, havde jeg kun én mulighed i den givne situation. Jeg måtte handle hurtigt for at svare håndfast igen på krænkelsen af dansk suverænitet", sagde statsministeren i interviewet, der var optaget på Christiansborg.

Billederne viste statsministeren siddende bag sit store skrivebord, der var fyldt med store bunker af papirer og en blå-grøn lysende computerskærm. Undtagelsesvist sad han uden jakke og med løsnet slips. Måske for at illustrere en travl, handlingens mand, der var i stand til at smøge ærmerne op, når det krævedes af ham.......Formentlig noget hans spin-doktor havde fundet på.

"Men, Danmark kan vel ikke gå i krig, uden at et flertal i Folketinget har besluttet det ?", brød Niels Peter Ravn ind.

"Næ", sagde statsministeren, "derfor var regeringen og oppositionslederne også orienteret på forhånd".

"Men, det garanterer jo ikke noget flertal – og kan jo heller ikke erstatte en afstemning i Folketingssalen", indvendte Niels Peter Ravn.

Statsministerens blik flakkede et kort øjeblik, så fattede han sig og brugte det gamle kneb med at bringe et helt nyt emne på banen.

"Må jeg ikke benytte lejligheden til at udtrykke min store sorg og sympati med familierne til de

dræbte marinesoldater. Den største ulykke af alle
har ramt dem, og jeg kan ikke sige noget, der kan
bringe ordentlig trøst i den nuværende situation.
Men, I skal vide, at hele Danmark er taknemlig",
sagde statsministeren.

Manden lød faktisk, som om han selv troede på
det, han sagde, tænkte Niels Peter Ravn.

*

Ole Kierkegaard undrede sig. Han stod i
"Sælen"s kommandorum med let spredte ben,
mens han overvågede vagtchefens manøvrering.
Det var ikke noget, han normalt gjorde, for
folkene kunne deres kram. Men, Kejser Franz
Josephs Fjord er ikke det åbne hav – og
udmundingen var endnu mere snæver nu med det
minefelt, "Sælen" selv havde lagt. Desuden skulle
de i kamp – der var ingen plads til fejltagelser.

Når ubådschefen undrede sig, hang det netop
sammen med, at de skulle i kamp. Ole
Kierkegaard vidste, at det var en situation, man
ikke anede, hvordan man ville tackle, før man
havde prøvet det. Han havde forestillet sig, at han
ville være nervøs, måske endda bange. Men lige
nu følte han sig faktisk overraskende rolig. Et

blik rundt på ansigterne i kommandorummet gjorde ham endnu mere fortrøstningsfuld. Det var en god besætning, han havde. Svendene var bare *så* skarpe. Havde de dog bare haft antiubådstorpedoer om bord...

*

Den libyske ubådschef tillod sig at grine højlydt. Ved hjælp af ubådens hydrofoner kunne han følge, hvordan de to danske overfladeskibe styrtede rundt på overfladen for at finde ham. På deres bevægelser var det meget tydeligt at se – eller rettere høre, at de stadig ikke havde fundet noget som helst.

Chefens grin blev lydløst, men ikke mindre bredt, da han begyndte at overveje sit næste træk.

"At finde en ubåd er ofte endnu sværere end at finde den berømte nål i høstakken", tænkte han, "men nu ville han risikere at blotte sig". En enkelt, kort ordre, og ubådens elmotor fik skruen til igen at dreje langsomt rundt. Den libyske ubåd var begyndt at snige sig ind på byttet.

*

I København var atmosfæren tæt på kogepunktet.
Pressen reagerede fuldstændig som spyfluer
omkring en hundelort: Fløj forvirrede rundt –
tilsyneladende uden mål eller med, men med
masser af breaking news, som de kaldte det, med
en larmende nyhedshelikopter svævende over
Christiansborg – og det ene mere kedelige og
ligegyldige ekspert-interview efter det andet i de
direkte udsendelser. Interviews med så mange
faktuelle fejl, at statsministeren spekulerede, om
det samme var tilfældet i andre sager med ting,
han ikke vidste noget om. I så fald stod det sløjt
til med pressens opgave med at informere
befolkningen. Så længe den ene kanal sendte
direkte, så den anden sig nødsaget til også at gøre
det – og så betød indholdet åbenbart ikke så
meget.

Statsministeren havde indtil videre formået at
holde Folketingets partier hen med snak. Han var
blevet mødt med en regn af ønsker om at få ham i
Samråd, og oppositionens politikere, hvoraf
lederne i begyndelsen ikke havde haft så meget at
indvende, var nu for alvor begyndt at fiske i rørte

vande. Og samtidig bestræbte de sig på at lægge betydelig afstand til et eventuelt ansvar.

"Det er sandelig rigtigt, at der er koldt på toppen", tænkte statsministeren i ét af de få øjeblikke, hvor han tillod sig selv – og kun overfor sig selv - at vise tegn på svaghed. Ubevidst begyndte han at nynne Shu-bi-dua-sangen om at stå på en alpetop.

Det havde ikke skortet på opfordringer om at standse kamphandlingerne øjeblikkeligt, men landets politiske overhoved havde valgt Nelsons udvej overfor admiral Parker under Slaget på Rheden i 1801: Han satte kikkerten for det blinde øje og håbede bare, at Søværnet ville skynde sig med at skaffe ham godt nyt fra Østgrønland.

Men, tiden var knap. Om ikke så forfærdelig længe måtte han stå til ansvar i Folketingssalen.

*

"Sælen" lå helt stille i periskopdybde lige uden for udmundingen af Kejser Franz Josephs Fjord. Ole Kierkegaard havde beordret maskinen standset, så snart de var kommet ud af fjorden. Når ubåden lå så højt i vandet, kunne

besætningen lige akkurat mærke den svage
østgrønlandske dønning.

Nu skulle der lyttes på hydrofonerne. Aktiv sonar
var ikke noget for en ubåd. Man kunne ganske
vist finde en fjende ved at bruge sonar, men man
afslørede samtidig sin egen position.
Hydrofonerne kunne man lytte med alt det, man
ville – uden at nogen anede, at man var der.

Det burde ikke kunne lade sig gøre, men "Sælen"
havde knap nok fået lagt sig i ventende lytte-
position, før hydrofonerne opfangede de første
svage lyde fra den libyske Foxtrot-ubåd.

"Det er næsten *for* *n*emt", tænkte Ole
Kierkegaard og kunne – trods succes'en - ikke
lade være med at ærgre sig ved tanken om, at det
nu ville blive ekstra svært at argumentere overfor
besætningen, hvorfor det var så vigtigt at træne
og træne og træne for at kunne finde noget så
svært som en fjendtlig ubåd.

"Sælen"s besætning var ikke et øjeblik i tvivl om,
at det var den libyske ubåd, man havde fundet.
Foxtrot-lyden var tydelig, og gasten ved
hydrofonerne kunne oven i købet høre, at
skrueakslen på den fjendtlige ubåd var bøjet en

smule. En lille, men afslørende mislyd sneg sin
ind i lydbilledet.

En ordre fra Ole Kierkegaard satte bevægelse i
"Sælen". Der blev givet hviskende besked i hele
båden om absolut lydløs sejlads. Det betød, at
selv kokken skulle være forsigtig, når han
jonglerede med potter og pander.

Planen, der efterhånden i nogle minutter havde
tegnet sig mere og mere klart i den danske
ubådschefs hoved, gik ud på at manøvrere
"Sælen" på plads i en gunstig position i forhold
til minefeltet ved fjordens udmunding.

Det kunne ganske vist begrænse "Sælen"s
manøvremuligheder, men i modsætning til den
libyske ubådschef, så vidste Ole Kierkegaard ikke
alene, at det var der, men også hvor. Og sådan
som den libyske ubåd lå i øjeblikket i forhold til
de danske skibe, ville "Absalon" og
"Hvidbjørnen" – med lidt held – kunne presse
libyerne lige i armene på "Sælen".

*

Flotilleadmiralen om bord på "Absalon"
trommede utålmodigt på armlænet af chefstolen

på kommandostøtteskibets bro. Det var en stol, han havde bemægtiget sig fra den dag, han kom om bord første gang – til nogen irritation for skibets chef, der ellers havde anset den for hans egen private ejendom.

Utålmodigheden skyldtes, at det stadig ikke var lykkedes at finde den libyske ubåd. Og i det seneste signal fra SOK blev der virkelig presset på for afgørende og positive resultater. Flotilleadmiralen kunne godt læse mellem linjerne, at der var tale om et politisk pres.

På den ene side ville København have positivt nyt her og nu, og på den anden side ønskede man ikke, at situationen kom ud af kontrol med en international krise til følge. Det var noget af en balancegang, de bad om, og det var ham, der var linedanseren.

"Hval bagbord talje". Råbet fra udkiggen afbrød flotilleadmiralens tanker, og han vendte sig lynhurtigt om, mens han satte kikkerten for øjnene i én og samme bevægelse. Et skumsprøjt fra et blåst og en sort skygge kom ind i kikkertens synsfelt.

*

Om bord på den libyske ubåd hørte man hvalen i hydrofonerne. Der var ingen tvivl om, at det var en naturlig skabt lyd, men chefens nysgerrighed overmandede ham, og han beordrede periskopet op.

Den libyske ubådskaptajn så det samme som flotilleadmiralen på "Absalon" og tillod sig et øjebliks beundring over naturens storhed.

Han blev revet brat ud af sine tanker ved en ophidset melding fra hydrofon-operatøren. Han havde hørt en anden "hval". Denne gang var der ikke tale om en naturlig lyd, men helt klart om en ubåd. Til sin store overraskelse havde han altså en kollega i farvandet, og at det var en fjendtlig kollega var indlysende.

Den libyske besætning var *også* veltrænet, og det tog ikke mange sekunder at ryste overraskelsen af sig og få de nødvendige data ind i ubådens computer. Næsten ligeså hurtigt nåede computeren frem til en målløsning.

"Kom bagbord til kurs 280", lød det fra den libyske chef.

"Styrer 280", kom det kort efter fra rorgængeren.

"Fyr 1", lød det fra chefen, og få sekunder senere kom et "fyr 2".

To torpedoer med højeksplosive sprængstoffer var på vej mod "Sælen". Farten var som en hurtigtgående missilbåds – takket være forbrændingen af ethyl-alkohol ved hjælp af brintoverilte, som blev tilsat vand for at skabe overophedet damp.

*

Ole Kierkegaard var det tætteste på at gå i panik, han nogensinde havde været. Men tæt på er ikke nok, så det lykkedes for ham at bevare roen. At vokse op som den næstyngste i en børneflok på fem giver god træning i at tage det roligt.

Hydrofongasten rømmede sig nervøst og med en stemme, der var lidt mere skinger end normalt, meldte han om to torpedoer, der var på vej imod dem.

"Vi må dybere ned" !, lød det pr. refleks fra bådens næstkommanderende, men det udløste lynhurtigt en kontraordre fra chefen.

"Negativ, vi gør det modsatte. Vi dykker ud", sagde han roligt og gav de nødvendige ordrer.

"Sælen"s mandskab så uroligt på hinanden, mens ubådens sorte skrog brød havets overflade.

*

Euforien fik nærmest den libyske ubåd til at syde. Den danske ubåd var opdaget, man havde en sikker målløsning, og to torpedoer var i vandet på vej mod den danske båd. Sejren var nærmest allerede i hus.

Den libyske ubådschef tyssede på besætningen og forsøgte at dæmpe dens begejstring. Han kendte ikke H. C. Andersens eventyr om Konen med æggene, men han havde nok livserfaring til at vide, at man ikke skulle glæde sig for tidligt.

Alligevel kunne han ikke skjule et tilfreds smil på

sine egne læber, mens han pressede øjnene mod
periskopets okular.

*

Ole Kierkegaard havde lynhurtigt kalkuleret, at
de libyske torpedoer måtte være indstillet til at gå
i en dybde af mindst fem-seks meter. Havde
situationen været omvendt, og han havde været
chef på den libyske båd, så ville han i hvert fald
gerne have torpedoerne til at gå i en dybde, der
sikrede succes, selvom den danske ubåd ville gå
fra periskopdybde og endnu længere ned.
Afstanden var ikke så stor, så der var grænser for,
hvor hurtigt, og dermed hvor langt ned, man
kunne nå at dykke. Og da "Sælen"s dybgang i
overfladen var 4,3 meter, var der en god chance
for, at torpedoerne ville passere *under* den danske
ubåd, hvis den lå i overfladen. Libyerne kunne
ganske vist bringe torpedoerne til sprængning,
når de var tætte nok på til at løfte den danske båd
ud af vandet og knække den. Men, ved at lægge
kursen direkte mod den libyske trussel fik Ole
Kierkegaard "Sælen" til at udgøre et mindre mål,
og så måtte man bare håbe det bedste.

*

"Afstand til målet: 300 meter", lød meldingen fra libyernes torpedoofficer.

Ubådschefen var allerede klar til at give ordren om at bringe torpedoerne til sprængning. At den danske ubåd var dykket ud, havde overrasket ham, men det kunne ikke redde danskerne nu – det var for sent.

Om han nåede at mærke den svage rystelse, der forplantede sig til periskopets håndtag en hundredetusindedel af et sekund inden selve eksplosionen er umuligt at vide – og egentlig også ligegyldigt, for tingene skete så hurtigt, at den libyske ubådschef ikke kunne nå at få de forskellige hjerneceller til at koble sig sammen til en plausibel forklaring.

Den libyske ubåd var kommet indenfor rækkevidde af den yderste af de miner, "Sælen" havde lagt i minefeltet ved fjordens udmunding. Det var ikke nogen kontaktmine, men en mine, der lagde sig på bunden og blev bragt til sprængning af det magnet-felt og den motorstøj, den libyske ubåd frembragte, da den passerede.

Få sekunder senere både mærkede og hørte
"Sælen"s besætning den uhyggelige lyd af to
torpedoer, der passerede under dem i høj fart, og
endnu senere lød der to eksplosioner, da
torpedoerne ramte klipperne på Bontekoe Ø udfor
Kap Franklin.

*

Statsministeren havde modtaget nyhederne fra
Grønland med så megen jubel, som det nu kan
lade sig gøre hos en mand, der bestræber sig på
hele tiden at være rolig og have alting under
kontrol.

Også ministersekretæren havde været glad og
havde åndet lettet op. Nu kunne det være, at
tilstanden kunne nærme sig det normale igen.

Men, glæden blev kun kort, for en kontakt til den
libyske ambassade med en opfordring om at
overgive sig øjeblikkeligt, havde kun resulteret i
et hånligt svar, der ikke gav statsministeren noget
alternativ. Kamphandlingerne måtte fortsætte.

Ministeren så på sit ur. Om 20 minutter skulle
han stå skoleret i Folketingssalen.

*

Efter mineeksplosionen og den libyske ubåds totale forlis havde der ikke været jubelscener om bord på "Sælen". Det var kun i film, det foregik på dén måde. For ubådsfolk er andre ubådsfolk kolleger og brødre i ånden – uanset, hvilken side de kæmper på. Så der var en følelse af tilfredshed med at være gået sejrrigt ud af kampen, men samtidig også en nedtrykthed over alle de søfolk, der havde mistet livet – ikke bare nu, men også tidligere med sænkningerne af "Peter Tordenskiold" og "Thetis".

"Sælen" var med en sjælden stilhed om bord vendt om og var sejlet tilbage mod bunden af Kejser Franz Josephs Fjord.

Sprogofficeren havde lyttet på kommunikationen mellem de libyske overfladeenheder, da der pludselig var gået en prås op for ham. Vejrballonerne var én side af sagen, nu blev Israel og en bombe nævnt flere gange som argument for, at meteorologer, teknikere og søfolk skulle skynde sig. Sprogofficeren lagde to og to sammen, og et krypteret signal blev sendt til

SOK og dermed også til FET via flotilleadmiralen på "Absalon".

Ole Kierkegaard beundrede "Dat Assawari"s linjer, som han så dem gennem "Sælen"s periskop og funderede over menneskers evne til at ødelægge tingene for hinanden. Efter libyernes hånlige svar til den danske regering, havde de fået et ultimatum, der udløb om fire og et halvt minut. Hvis der ikke kom nogen reaktion, skulle han, Ole Kierkegaard, give ordren og sende en torpedo mod det libyske flagskib med tab af endnu flere søfolk til følge.

Den danske regering havde håbet på en øjeblikkelig libysk overgivelse. Ikke bare for at undgå tab af flere menneskeliv, men også fordi miljøet var sårbart i Kejser Franz Josephs Fjord. Sænkningen af et skib – ikke mindst den libyske flådetanker - kunne udvikle sig til en miljøkatastrofe. Derfor var ordren: Skyd på flagskibet først !

Ole Kierkegaard var enig. Uden flagskib og uden chef, der kunne kommunikere og lede, ville det også blive endog meget svært for libyerne at kæmpe videre.

De fire et halvt minut var gået, uden tegn på reaktion fra overfladeskibene eller på land. Den danske ubådschef gav en kort ordre, og en 53 centimeter torpedo forlod rør fem i stævnen på ubåden. Få minutter senere genlød den grønlandske natur af en eksplosion, og det libyske flagskib var forvandlet fra et smukt skib til to forkrøblede skrogdele, der så ud til at konkurrere om, hvilken del, der først ville forsvinde under vandets overflade.

*

Flotilleadmiralen om bord på "Absalon" havde som øverstkommanderende for den danske styrke fulgt udviklingen tæt.

Efter sænkningen af det libyske flagskib havde han modtaget et signal fra "Sælen" om hektisk aktivitet hos libyerne i land. Helt handlingslammede var de altså ikke blevet, selvom de ikke længere havde en chef.

Ordren fra Danmark var klokkeklar: Libyerne skulle standses, inden de nåede at sende de vigtige meteorologiske oplysninger tilbage til

Tripoli. Oplysninger, som kunne være med til at kaste Mellemøsten ud i et atomart ragnarok.

Erfaringerne fra Falklands-krigen viste, at det var en fejltagelse, når kanoner på skibe var blevet nedprioriteret til fordel for missiler, og flotilleadmiralen var lige nu meget tilfreds med Søværnets beslutning om igen at indføre 127 mm kanoner (det havde man ikke haft i en årrække efter udfasningen af fregatterne af Peder Skram-klassen).

En helt moderne 127 mm kanon stod på fordækket af "Absalon" og ikke nok med det: Blandt den skarpe ammunition havde man også de første eksemplarer af en helt ny type granater. De havde raketmotorer til at forlænge rækkevidden, men mere vigtigt her, så havde de GPS. Det betød, at man kunne sende en granat endog meget præcis mod et mål – som f.eks. mod libyerne og deres meteorologiske udstyr i land.

127 mm granaten levede fuldstændig op til forventningerne. Dens bane på den grønlandske himmel blev pludselig ekstra krum takket være GPS'en, og få øjeblikke senere blev libyernes 40

fods container med meteorologisk udstyr sprængt til – paradoksalt nok – atomer. Umiddelbart efter overgav de tilbageværende libyere sig.

Flotilleadmiralen bøjede hovedet, tørrede sveden af panden med en serviet fra den kasse Kleenex, der altid stod i spænd mellem stativet til hans kikkert og ruden på forkanten af broen. Han så op og smilede til støtteskibets kaptajn. Jobbet var klaret, ordrerne udført. To skibe havde han mistet og alt for mange mænd, men tabene kunne ikke fratage ham tilfredsstillelsen ved den overordnede succes.

*

"Succes" var ikke den oplevelse, statsministeren havde af "Operation Nordlys", som affæren senere blev døbt (ingen havde haft overskud til at finde på et navn, mens de dramatiske begivenheder fandt sted).

Oppositionen havde – efter en omfattende omgang vasken hænder - brugt begivenhederne til at vælte regeringen, og statsministeren selv stod overfor en rigsretssag. Forsvarsministeren havde

man også overvejet at rejse sag imod, men det var
senere blevet opgivet.

Men "succes" var ordet, der meget godt dækkede
situationen hos Niels Peter Ravn fra TV-Avisen.
Samme år fik han oven i købet Cavling-prisen
(den højeste journalistiske udmærkelse i
Danmark) for sin afdækning af baggrunden for
begivenhederne.

Efterskrift

Et usædvanligt syn mødte fuglene og det øvrige dyreliv i Kejser Franz Josephs Fjord.

"Sælen" var sammen med de to andre danske skibe blevet i området, mens der blev ryddet op efter libyerne.

Normalt holdt en ubåd sig diskret og ubemærket i baggrunden – selv i fredstid. Og det var dét, der var det usædvanlige i situationen: For "Sælen" lå midt i fjorden fuldt uddykket og med casingen vrimlende med mænd og en enkelt kvinde, allesammen stod eller sad de med opknappede øl - nogle også med tændte cigaretter.

Timerne umiddelbart forud havde budt på et

lammende chok. Ekstra hårdt, fordi det kom som et lyn fra en klar himmel.

Ole Kierkegaard havde tidligere på dagen badet sig i ros fra både flotilleadmiralen, Chef SOK og Forsvarschefen, da "Sælen"s radiomand overrakte ham endnu et signal – denne gang fra eskadrechefen ved 5. Eskadre (ubåds-eskadren) i Frederikshavn.

Signalets ordlyd fik først Ole Kierkegaard til at tabe underkæben, så læste han signalet igen, for at sikre sig, at han ikke havde læst forkert. Men uanset, hvor meget han så på bogstaverne, så kunne de kun give én mening: Eskadrechefen meddelte kort og med beklagelse, at det nye forsvarsforlig var blevet vedtaget med en beslutning om, at Søværnet ikke længere skulle have ubåde. Signalet sluttede med at beskrive eskadrechefens ønske om at afvikle eskadren så hurtigt som muligt, så folkene ikke skulle gå og miste humøret endnu mere, men have en mulighed for at komme videre i Søværnet hurtigst muligt. Skulle likvideringen ske, kunne den ligeså godt foregå hurtigt og smertefrit. Der var ingen grund til at trække pinen i langdrag.

"Så var det alligevel lykkedes til sidst for

socialdemokraterne og de radikale at få deres vilje", tænkte Ole Kierkegaard.

I årevis havde de to partier argumenteret mod ubådene, og at det så skulle lykkes at nedlægge ubådsvåbnet under en borgerlig regering var helt grotesk. Men, de borgerlige politikere havde fået færten af storpolitiske eventyr, hvor lille Danmark med støtteskibe og nye fregatter kunne få mulighed for at boltre sig sammen med amerikanerne og englænderne på den internationale scene, hvor en stor og sårbar overfladeenhed virker mere politisk overbevisende end et effektivt og usynligt krisestyringsredskab som en ubåd. Tingenes militære betydning var åbenbart mindre vigtig.

Som officer i et demokratisk land kunne man selvfølgelig argumentere og diskutere, men i sidste ende måtte man bøje nakken og underkaste sig de politiske beslutninger. Det var jo dét, der var meningen med det hele, og det var Ole Kierkegaard - trods alle følelserne - helt indforstået med. Han kendte også eskadrechefen godt nok til at vide, at han allerede *havde* gjort alt, hvad argumenter kunne gøre.

Da han orienterede besætningen, havde der først

bredt sig en ildevarslende tavshed. Derefter rejste et ragnarok af ophidsede stemmer sig mod himlen.

Ole Kierkegaard vidste, hvordan besætningen havde det, og det var baggrunden for, at han lod alle komme op på dækket og lod hånt om Søværnets alkohol-politik. Det var vigtigt, at folkene fik lov til at afreagere.

"Har vi ikke gjort vores arbejde godt nok ?", var der én, der ville vide.

"Flåden siger farvel til en stor del af sin kampkraft, og mister samtidig en enestående mulighed for at indsamle efterretninger", tilføjede næstkommanderende på sin lidt stive facon.

"Og udlandet må ryste på hovedet. Vi har altid fået ros for vores ubåde internationalt", huskede kokken.

"Man taler så meget om vigtigheden af stealth, så enhederne ikke kan opdages af radar. Hvorfor så droppe ubådene, der stadig er svære at finde og bekæmpe ?", spurgte messemanden.

"Sælen"s teknikofficer kunne bidrage med

historien om, at amerikanerne bekymret havde fulgt det stigende antal konventionelle ubåde i den tredje verden, mens den vestlige verden skar ned på antallet. Man frygtede, at slyngelstater og terrorister ville kunne bruge mindre ubåde som platforme for angreb á la dem, der rystede verden den 11. september 2001.

"Derfor bad de om at leje en dansk ubåd, som de kunne øve med i amerikansk farvand – med deres egne overfladeenheder og deres specialtropper fra Navy Seals", fortalte han.

"Beløbet, amerikanerne tilbød, var så stort, at man kunne drive hele den danske ubådseskadre for pengene i flere år, men Søværnet havde sagt nej – formentlig efter et vink med en vognstang fra regeringen", konkluderede teknikofficeren. (Senere blev den svenske ubåd "Gotland" leaset af amerikanerne i to år, så måske havde der været noget om snakken).

Blandt "Sælen"s besætning var der også enighed om, at landet ville komme til at stå ringere i terroristbekæmpelse, fordi vi ville miste muligheden for at føre specialtropper usete frem til søs.

Det kvindelige medlem af "Sælen"s besætning, en kampinformationsgast, kunne huske en lærer, der på skolen i Frederikshavn havde underholdt med, at en enkelt ubåd kunne holde et helt område i et jerngreb ved sin blotte tilstedeværelse – uden at behøve at affyre et eneste skud. Modpartens frygt for ubåden var nok.

Yngste mand i sergentmessen foreslog, at man skulle argumentere overfor politikerne med, at man med nedlæggelsen af ubåds-eskadren ville afgive den del af dansk suverænitet, der lå under havoverfladen.

"Og afgivelse af suverænitet er i strid med Grundloven", mente han.

Ole Kierkegaard rystede på hovedet og sukkede. Bitterheden var så tyk, at man kunne skære i den. Argumenter var der nok af - det var ikke dét, det handlede om. Det var de politiske rævekager, der talte.

Folk i land havde selvfølgelig svært ved at forstå sammenhængen. Det var der ikke noget at sige til. Og han havde da også selv grinet af Niels Hausgaard, når han lavede satire over, at Danmark havde sendt en ubåd i ørkenkrig under de seneste kampe i golfen. I sagens natur kunne man jo ikke fortælle befolkningen alt. Men "Sælen" havde faktisk løst en vigtig opgave som fremskudt efterretningsenhed, der holdt øje med de iranske flådestyrker. Ville iranerne blande sig i konflikten for at støtte deres shia-muslimske fæller i sumpområderne i det sydlige Irak, og udnytte situationen i et land i kaos ? Eller kunne koalitionen tage det roligt og kun kæmpe på én front – mod Sadam Husseins styrker ?

"Sælen" havde til fulde udnyttet sin lave dybgang som kystubåd og lagt sig helt ind under den iranske kyst og kommet steder, som hverken amerikanernes eller briternes atomubåde havde en kinamands chance for at komme i nærheden af.

Personligt ærgrede det ham, at han nu ikke – som det ellers havde været meningen – blev én af de første chefer på de nye Viking-ubåde, man skulle have bygget sammen med svenskerne. Topmoderne ubåde meget tæt på den tyske klasse 212 A med mulighed for ikke alene at have torpedoer som våben, men også Harpoon missiler og en skræmmende elektronisk udrustning til

106

overvågning. Hele dét projekt var aflyst nu, og en masse penge og arbejde var spildt.

Ole Kierkegaard så på uret. Han måtte snart have besætningen under dæk igen. Det var ved at være på tide at sætte kursen hjemefter mod Frederikshavn.

*

Da "Sælen"s rejsebreve fra forskellige togter – bl.a. fra deltagelse i aktioner i Middelhavet og Den persiske Golf – blev samlet og udgivet nogle år senere af SOK og Marinens Bibliotek, konstaterede marinens bibliotekar på bagsiden af hæftet om ubådsvåbenets nedlæggelse:

"Sidstnævnte må stadig betegnes som den mærkeligste forsvarsbeslutning i Danmark i de sidste hundrede år…"